Liebe findet einen Weg!

Sabine Ginsthofer ist in Pixendorf nahe Tulln an der Donau im schönen Österreich geboren und aufgewachsen. Nach der Schule ging sie ihrer zweiten Leidenschaft nach und arbeitete als Restaurantfachfrau. Dabei verlor sie ihre erste Leidenschaft nie aus den Augen und schrieb fleißig Geschichten und Bücher für sich und ihre Lieben. Ihr Lebensgefährte Alexander unterstützt sie dabei tatkräftig und gibt ihr die nötige Ruhe um schreiben zu können und ihrer Fantasie freien Lauf zu lassen.

Sabine Ginsthofer

Liebe findet einen Weg!

Herstellung und Verlag:
BoD-Books on Demand, Norderstedt
ISBN: 978-3-7448-2957-1

Für Elke!
Mit dir hat alles angefangen!

Kapitel 1:

Es war ein berauschendes Gefühl, den Wettbewerb gewonnen zu haben. Solange hatte Serena Parker dafür geschuftet und trainiert. Unzählige Stunden mit dem Training verbracht und jetzt hatte sie den erhofften Erfolg dafür geerntet.

Sie war Jugendmeisterin im Schwimmen in der Kategorie der Schüler von 20 bis 30 Jahre!

Tränen liefen ihr die Wange hinunter als sie in ihrem Hotelzimmer an die Siegerehrung zurückdachte. Es war ein berauschendes Gefühl, als sie die Medaille erhalten hatte und ihre Freunde und Mitstreiter sie bejubelt hatten.

Immer wieder war ihr Blick zu ihm gewandert. Sie wusste, dass er sie ständig beobachtete, da sie seinen Blick auf sich spüren konnte.

Nun stand sie in ihrem Zimmer und dachte über alles nach. Eigentlich sollte sie sich beeilen, da sie in zwei Stunden bei einem Galadinner mit den anderen Mitstreitern und dem Bürgermeister erwartet wurde. Doch im Moment konnte sie nur an die vergangenen Ereignisse denken.

Sie war schon länger in ihn verknallt gewesen, doch es war verboten und sie hatte bis kurz vor dem Wettbewerb keinen ernsteren Gedanken daran verschwendet. Schließlich war er ihr Schwimmtrainer und er war mit ihrer Biologieprofessorin verheiratet.
Niemals hatte sie ernsthaft darüber nachgedacht mit Professor und Trainer, Mark Porter, irgendetwas anzufangen. Er war für sie immer tabu gewesen und Serena hatte ihre Gefühle immer als verrückte Schwärmerei abgetan.

Sie hatte sich schon immer sehr gut mit ihrem Trainer verstanden und er hatte sie stets unterstützt und ihr geholfen da zu stehen, wo sie heute war.
In der letzten Zeit war sie so angespannt wegen des Wettbewerbs gewesen, dass sie nicht ein einziges Mal mitbekommen hatte, dass sich in ihrer Arbeitsbeziehung etwas verändert haben könnte.

Ihre beste Freundin, Vicky Cooper, hatte sie zwar das eine oder andere Mal darauf aufmerksam gemacht, dass Mark sie irgendwie seltsam ansah, aber Serena hatte diesen Verdacht stets mit einem genervten Wink abgetan.

Schließlich musste sie sich auf den Wettbewerb konzentrieren. Der war ihr in dem Moment wichtiger als alles andere. Er war der Schlüssel für sie, von zu Hause weg zu kommen und ein besseres Leben anzufangen, denn seit dem Tod ihres Vaters, hatte sie kein gutes Verhältnis zu ihrer alkoholsüchtigen Mutter. Serena wollte nur noch weg, weg von Nashville und Mark verstand das. Neben Vicky war er der einzige, der wusste, warum sich Serena so furchtbar abrackerte und quälte. Dafür war sie ihm noch mehr zugetan als sie sollte. Doch sie durfte diese Gefühle nicht zulassen und konzentrierte sich noch mehr auf das Training.

Vor drei Tagen war das gesamte Team in Dallas angekommen und hatten ihr Hotel bezogen. Neben ihrem Trainer, Mark, war auch noch seine

Frau und die Biologielehrerin, Barbara Porter, als Aufsichtsperson mitgekommen.

Serena war froh, dass ihre beste Freundin ebenfalls Schwimmerin war und sie nicht alleine war. So hatte sie das Gefühl, die Zeit während des Wettbewerbs durchstehen zu können.

Gemeinsam trainierten sie die letzten Tage noch härter als schon zuvor.

Am Tag vor dem Wettbewerb, wollte Serena noch weiter trainieren, während alle anderen zum Hotel zurück fuhren um sich massieren zu lassen und ein wenig zu entspannen.

Während sie ruhig und kontrolliert ihre Bahnen zog, hörte sie plötzlich eine Tür schwerzufallen. Erschrocken hielt sie in ihren Bewegungen inne und schwamm rasch zum Beckenrand.

„Wer ist da?" rief sie etwas verunsichert.

„Ich bin es!" konnte sie Marks Stimme hören.

„Tut mir leid, wenn ich dich erschreckt habe."

„Kein Problem." Stieß Serena erleichtert aus.

„Ich wollte dich nur abholen. Das ganze Team ist der Meinung, dass du schon genug trainiert hast. Du solltest jetzt etwas essen und dich ausruhen.

Sammle deine Kräfte für morgen!" erklärte Mark seine Anwesenheit und reichte ihr ein Handtuch.

„Ich wollte nur noch zwei Bahnen schwimmen, dann komme ich ins Hotel. Versprochen." „Nein! Tut mir leid!" unterbrach er sie, „du kommst jetzt gleich raus. Oder ich muss dich rausholen!"

Serena musste über seine Worte herzhaft lachen. Doch als sie in sein entschlossenes Gesicht sah, wusste sie, dass er es ernst meinte.

„In Ordnung. Ich komme ja schon raus!" Ohne zu zögern schwamm sie zu der Leiter, auf der sie aus dem Wasser stieg.

Mark war ein unkonventioneller Trainer. Wenn er etwas sagte, dann meinte er das immer ernst. Das gesamte Team wusste das. Was auch der Grund war, warum die Mädels stets auf ihn hörten.

„Zieh dich um. Ich warte in der Eingangshalle auf dich." Lächelte Mark sie an und gab ihr das Handtuch.

„Okay." Lächelte Serena zurück und nahm ihm das Handtuch ab. Dabei berührten sich ihre Fingerspitzen und wieder einmal fuhr ein

Kribbeln durch ihren Körper. Abrupt drehte sie sich um. Nicht schon wieder. Konnte sie sich nicht in jemand anderen verknallen? Musste es ausgerechnet ihr verheirateter Trainer sein?

Bevor sie jedoch in die Umkleidekabine flüchten konnte, hielt Mark sie an ihrer Schulter fest.

„Warte einen Moment!"

Langsam drehte sie sich zum Trainer um. So gut sie konnte sah sie ihm ausdruckslos ins Gesicht. Auf keinen Fall durfte er etwas über ihre Gefühle erfahren. Das würde sie nicht überleben.

„Was gibt es, Trainer?" versuchte sie es mit einer lockeren Art.

„Ich wollte nur kurz mit dir quatschen. Du brauchst nicht nervös zu sein! Du hast so viel trainiert, wie sonst niemand. Du hast es auch so verdient, wie sonst niemand! Glaub einfach an dich! Ich tue es jedenfalls!" Dabei lag seine Hand noch immer auf ihrer Schulter.

Erst als Serena in unglaubwürdig anstarrte, nahm er langsam die Hand von ihr runter.

„Danke." Flüsterte Serena.

„Nichts zu danken! Du hast dir das alles selbst erkämpft! Ich wünsche dir morgen den Sieg! Mehr als sonst jemandem."

Bei seinen Worten bekam sie nasse Augen. Sie musste hier weg. Sofort!

Doch irgendetwas hielt sie zurück. Sie starrte ihm in seine dunkelbraunen Augen. Eine innere Stimme in ihr, befahl ihr zu gehen, doch ihre Beine wollten einfach nicht gehorchen.

Endlich gab sie sich einen Ruck und wollte sich umdrehen. Im selben Moment hielt Mark sie am Arm fest und zog Serena an sich. Die beiden starrten sich ohne Worte an, während er ihr eine nasse Haarsträhne hinters Ohr strich.

Schließlich nahm er ihr Gesicht in beide Hände und sah ihr noch einmal intensiv in die Augen, bevor sein Blick zu ihren Lippen wanderte.

Serena hielt den Atem an. Was geschah hier gerade? Konnte es sein, dass gerade ein Traum wahr wurde?

Ohne weiter nachzudenken, legte auch sie einen Arm um seinen Hals und kam ihm mit ihren Lippen entgegen. Nach einem ewig andauernden Atemzug küsste Mark sie zärtlich.

Die beiden begannen sich vorsichtig zu küssen. Liebevoll fuhr er ihr mit seinen Fingern den Hals entlang, über ihre Schulter und schließlich zu ihrem Rücken. Mit einem Ruck zog er sie noch näher an sich und die beiden küssten sich leidenschaftlicher.

In diesem Moment erschien es Serena völlig normal und richtig, dass sie Mark küsste. Es war noch berauschender, als sie es sich jemals vorgestellt hatte. Am liebsten wollte sie die Zeit anhalten.

Plötzlich riss er sich von ihr los. Atemlos starrte er sie an. Serena wusste sofort, was in ihm vorging. Er bereute es.

„Es tut mir leid. Ich weiß nicht, was über mich gekommen ist." Flüsterte er etwas entsetzt.

Schließlich erlangte sie ihre Stimme und vor allem ihre Selbstsicherheit zurück. Um sich zu schützen sah sie Mark kühl ins Gesicht. „Schon gut. Machen Sie sich nicht gleich ins Hemd. Es ist ja nichts passiert."

Überrascht über ihre Worte wusste der Professor nicht, was er darauf antworten sollte.

Diesen Moment nutzte Serena und drehte sich erhobenen Hauptes um und ging rasch in ihre Umkleidekabine.

Was war gerade passiert? Hatte sie soeben Mark Porter, ihren Trainer, geküsst?

„Oh mein Gott!" keuchte sie unter Tränen, „er ist verheiratet! Reiß dich zusammen! Konzentrier dich auf den Wettbewerb!"

Wie unter Trance, zog sich die Schwimmerin ihren nassen Badeanzug aus und ihre trockenen Trainingsklamotten an.

Als sie fertig war und sich noch rasch vor dem Spiegel ihre Haare kämmte, sah sie sich ins Gesicht: „Vergiss den Kuss. Konzentriere dich auf morgen! Es war nur ein Ausrutscher und es wird nicht noch einmal geschehen. Seine Frau ist deine Biologieprofessorin! Vergiss das nicht!"

Entschlossen sich selbstbewusst zu geben, verließ sie mit ihrer Trainingstasche über der Schulter die Umkleidekabine und ging in die Eingangshalle der Sporthalle.

Mark saß auf einer Bank und hielt seinen Kopf abgestützt über den Knien. Man merkte ihm an, dass er offensichtlich erschüttert über das war, was in der Schwimmhalle passiert war.

Da er sie nicht kommen hörte, begann sie sich leise zu räuspern.

Erschrocken fuhr er hoch. „Fertig?" Kopfnickend kam Serena auf ihn zu.

„Hör mal. Das was gerade...." „Vergessen Sie es, Trainer! Es war nur ein Ausrutscher. Wird nicht wieder vorkommen. Ich werde auch nichts zu ihrer Frau sagen. Keine Sorge. Ab jetzt möchte ich mich nur auf den Wettbewerb konzentrieren. Also haben Sie bitte kein schlechtes Gewissen!" unterbrach Serena ihn.

Überrascht über ihre Stärke, war sie sehr stolz auf sich.

Auch der Trainer war offensichtlich beeindruckt oder überfordert über ihre Worte.

Wortlos gingen sie zu seinem Wagen und fuhren zurück zu ihrem Hotel.

„Bitte entschuldigen Sie mich bei den andern. Ich habe keinen Hunger und würde mich jetzt gerne duschen und niederlegen." Bat Serena ihn, als sie das Hotel betraten.

„Du solltest etwas essen!" meinte er besorgt.

„Keine Angst. Wenn ich Hunger bekomme, lasse ich mir etwas aufs Zimmer bringen. Ich wünsche Ihnen eine gute Nacht, Professor Porter!" Mit diesen Worten ließ sie ihn stehen und ging rasch zu den Aufzügen.

Wenige Minuten später war sie auf ihrem Zimmer gewesen und hatte sich die Augen ausgeheult, bis sie schließlich in einen unruhigen Schlaf gefallen war.

Am nächsten Morgen, wachte sie völlig gerädert auf. Sie hatte nur wenig geschlafen und sich ständig unruhig hin und her gewälzt. Sie konnte den Kuss einfach nicht vergessen.

Wie hatte es nur dazu kommen können? Immer wieder ging sie die Situation im Kopf durch. Hatte Vicky Recht gehabt, dass Mark sie seit einiger Zeit schon komisch ansah und sie auch anders behandelte?

Kopfschüttelnd versuchte sie alles zu vergessen. Egal, was sie jetzt beschäftigte, sie musste sich auf den Wettbewerb konzentrieren!

Natürlich konnte sie Mark nicht aus dem Weg gehen. Das war ihr klar. Aber sie wollte jetzt einfach nur zur Jugendmeisterschaft und den ganzen Frust und die Anspannung von sich schwimmen.

Kapitel 2:

Wenige Stunden später stand sie nun wieder in ihrem Hotelzimmer am Fenster und starrte auf den Park hinaus, der sich unter ihrem Zimmer erstreckte.
Sie hatte es geschafft! Sie war Jungendmeisterin!
Wie sollte es jetzt weiter gehen? Würde sie ein Stipendium an einem guten Collage erhalten? Konnte sie endlich von zu Hause ausbrechen?
Leise klopfte es an ihrer Tür. Erschrocken, weil sie aus ihren Gedanken gerissen wurde, ging sie zur Tür um sie zu öffnen.
„Kann ich reinkommen?" lächelte Mark ihr nervös entgegen.
„Natürlich! Kommen Sie rein, Trainer! Ihnen habe ich es zu verdanken, dass ich hier bin, wo ich jetzt bin. Danke für alles!" strahlte Serena ihn

an. Sie versuchte dabei nicht an den Kuss zwischen ihnen beiden zu denken.

„Ich habe nicht viel getan. Die meiste Arbeit hast du gemacht und darauf kannst du sehr stolz sein! Ich habe dir lediglich den Weg gezeigt!" wehrte er gerührt ab.

„Danke trotzdem."

Danach herrschte eine bedrückende Stimmung. Keiner wusste so recht, was er sage sollte, bis Serena die Stille schließlich unterbrach. „Kann ich sonst noch etwas für Sie tun?"

„Nein. Das heißt, ja. Ich wollte mit dir noch einmal über gestern sprechen. Ich weiß, dass es für dich keine Bedeutung zu haben scheint, aber ich…." Er unterbrach sich selbst, weil er nicht wusste, wie er weitersprechen sollte.

„Sie brauchen sich wirklich keine Gedanken zu machen. Es geht mir gut. Und Ihrer Frau werde ich auch kein Wort darüber sagen." Versuchte Serena den Trainer zu beruhigen, obwohl sie selber völlig durcheinander war.

„Hier geht es nicht um meine Frau. Sie und ich führen schon lange keine Ehe mehr." Brach es aus ihm heraus.

Überrascht sah Serena ihn an. Was hatte das alles zu bedeuten? Was wollte er hier?

„Warum erzählen Sie mir das alles?" wollte sie schließlich von ihm wissen.

„Ganz ehrlich? Ich habe keine Ahnung." Atmete er selbst überrascht aus.

„Warum sind Sie noch verheiratet, wenn Ihre Ehe kaputt ist?" war Serena nun neugierig geworden.

„Gewohnheit. Wir haben irgendwie so eine Art WG gegründet. Irgendwann haben wir beschlossen, solange keiner von uns jemand anderen gefunden hat, bleiben wir unter demselben Dach und teilen uns die Kosten. Außerdem weiß Barbara nicht, wie sie es ihren Eltern sagen soll. Und ich? Mir war es egal. Bis jetzt." Flüsterte er und sah Serena intensiv in die Augen.

Diese hielt angespannt den Atem an. Was sollte sie ihm jetzt darauf antworten?

„Serena!?!?!" klopfte ihre beste Freundin Vicky in diesem Moment gegen die Tür.

Erschrocken starrten Serena und Mark auf die Tür.

„Perfektes Timing!" meinte die Schwimmerin genervt und ging zur Tür.

„Hallo Liebes! Wir müssen deinen Sieg unbedingt feiern! Was hältst du..:" Vicky hielt die Luft an, als sie den Trainer in Serenas Zimmer erblickte.

„Oh. Mr. Porter! Ich habe Sie gar nicht gesehen!"

„Kein Problem, Vicky. Ich wollte Serena nur rasch gratulieren und sowieso gerade gehen." Winkte Mark ab und ging zur Tür.

Noch einmal drehte er sich jedoch um und wandte sich seiner Gewinnerin zu: „Wir sehen uns später." Mit diesen Worten war der Trainer verschwunden.

„Was ist hier los?" wollte Vicky wissen, nachdem die Tür des Zimmers wieder geschlossen war.

„Ich weiß nicht, was du meinst. Der Trainer war nur hier um mir noch einmal zu gratulieren!" wehrte Seren ab und ging zum Tisch, wo sie eine Wasserflasche stehen hatte. Nervös goss sie sich etwas ins Glas.

„Hast du auch Durst?" fragte sie ihre Freundin.

„Nein danke. Ich will nur ehrliche Antworten. Also: Was ist los?" wollte Vicky noch einmal wissen.

Resigniert ließ die Schwimmerin ihren Kopf hängen. „Keine Ahnung." Flüsterte sie und Tränen liefen ihr die Wange hinunter.

„Schätzchen! Was ist los mit mir? Was ist passiert?" Besorgt ging Vicky zu ihrer Freundin und nahm sie in den Arm.

„Er hat mich gestern geküsst." Wisperte Serena.

„Waaaas?" rief Vicky überrascht.

„Gestern. Als er mich aus der Schwimmhalle abgeholt hat. Es ist einfach so passiert. Keine Ahnung warum." Erzählte die Schwimmerin weiter.

„Aber warum? Was hast du jetzt vor? Serena! Er ist verheiratet!"

„Ich weiß. Ich habe ihm auch gesagt, dass es mir nichts bedeutet hat und er braucht sich keine Sorgen zu machen."

„Respekt für deine Stärke, aber wie geht es dir wirklich damit?" wollte Vicky wissen, da sie ihre Freundin besser kannte, als sonst irgendjemand.

„Ich bin durcheinander. Du weißt ja, dass er mir schon länger gefällt. Und jetzt der Kuss! Ach Vicky! Der war fantastisch! Aber ich muss ihn mir aus dem Kopf schlagen. Das weiß ich!" schluchzte Serena.

Wortlos saßen die beiden auf der kleinen Couch, die in ihrem Zimmer stand. Während Serena sich ausheulte, hielt Vicky sie beschützend im Arm.

Nach einer Weile richtete Vicky ihre Freundin auf und sah ihr prüfend ins Gesicht: „Sollen wir nach Hause fahren? Scheiß auf dieses Galadinner. Wenn du hier wegwillst, bin ich dabei!"

„Das geht nicht. Es wird erwartet, dass ich dabei bin. Keine Angst. Ich schaffe das schon. Solange du bei mir bist."

„Natürlich bleibe ich bei dir! Ich werde dich keine Sekunde aus den Augen lassen! Versprochen!" lächelte Vicky sie aufmunternd an.

„Gut. Dann hol mich in einer Stunde ab. Ich muss mich noch duschen und anziehen." Warf Serena ihre Freundin liebevoll hinaus.

„In Ordnung. Ich muss mich eh auch noch umziehen. Wir sehen uns dann in einer Stunde!"

verabschiedete sich Vicky und ließ Serena alleine in ihrem Zimmer zurück.

Wenige Minuten später stand die Schwimmerin unter der Dusche und genoss das heiße Wasser auf ihrer Haut. Mit jedem Tropfen, der auf sie hinunterfiel, versuchte sie alles hinter sich zu lassen und nach vorne zu blicken.
Sie würde den Abend schon überstehen und morgen flogen sie alle wieder zurück nach Nashville. Dort konnte sie sich dann wieder auf die Schule konzentrieren. Vom Schwimmen hatte sie sowieso erstmals für eine Weile genug. Somit konnte sie auch Mark Porter aus dem Weg gehen und sich ihn aus dem Kopf schlagen.

Eine Stunde später holte Vicky ihre Freundin ab. Da das Galadinner im Ballsaal des Hotels stadtfand, brauchten die beiden nicht allzu weit gehen.
„Wenn du genug hast und gehen willst, dann sag Bescheid. Ich begleite dich." Flüsterte Vicky ihrer Freundin zu, während sie durch die große Tür des Ballsaals schritten.

„Danke. Es wird schon gehen! Ich werde ihm einfach aus dem Weg gehen." Meinte Serena mit erhobenem Haupte.

„Ah! Miss Parker! Schön Sie zu sehen! Ich möchte Ihnen noch einmal gratulieren!" wurde sie vom Bürgermeister begrüßt."

„Hallo, Mr. Whiteman! Ich danke Ihnen." Lächelte Serena ihn aufrichtig an. Sie mochte den älteren Mann. Er war schon während des Wettbewerbs zu ihr gekommen und hatte ihr viel Glück gewünscht.

„Nichts zu danken! Sie verdienen dieses Lob! Und als kleines Geschenk meinerseits dürfen Sie mit ihrer Freundin und ihrem Trainer heute bei mir sitzen! Ich würde mich freuen, wenn Sie mir ein wenig über sich erzählen!" lud der Bürgermeister die beiden Freundinnen ein.

Zuerst wusste Serena nicht, was sie dazu sagen sollte. Sie wollte einfach nur davonlaufen. Jedoch wusste sie, dass sie dieser Einladung nicht entkommen konnte.

„Es wäre uns eine Ehre!" bedankte sie sich mit einem gekünstelten Lächeln und ging hinter Mr. Whiteman zu seinem Tisch.

„Bist du dir sicher?" flüsterte Vicky.

„Nein. Aber ich habe keine andere Wahl!"

„So, die Damen. Bitte nehmen Sie Platz!" unterbrach der Bürgermeister ihr Gespräch.

Damit Serena nicht neben dem Trainer sitzen musste, setzte Vicky sich rasch neben Mark Porter, bevor Whiteman noch etwas sagen konnte. Dankbar lächelte die Siegerin ihrer Freundin zu.

„Serena! Wir haben uns noch gar nicht gesehen! Ich gratuliere dir von ganzem Herzen zu deinem Sieg!" lächelte Barbara Porter, stand auf und ging zu Serena um sie kurz zu umarmen.

Es war der Umarmten sehr unangenehm, aber sie versuchte sich nichts anmerken zu lassen.

„Danke, Mrs. Porter."

„Aber nicht, dass du jetzt nicht mehr für den Unterricht lernst! Jetzt wo du ein Star bist!" warnte die Biologielehrerin scherzend.

„Nein. Keine Angst. Ich werde auf sie aufpassen!" antwortete Vicky um ihre Freundin zu unterstützen.

„So. Und jetzt möchte ich von Ihnen und Ihrem Trainer ihre Erfolgsgeschichte hören!" beugte sich der Bürgermeister gespannt über den Tisch.

Zwei Stunden später entschuldigte sich Serena vom Bürgermeister. „Bitte seien Sie mir nicht böse. Ich bin ziemlich k.o.! Die letzten Tage waren sehr anstrengend für mich. Ich würde heut e gern ein wenig früher ins Bett gehen."

„Aber meine Liebe! Sie brauchen sich dafür nicht zu entschuldigen! Ich habe vollstes Verständnis dafür. Ich danke Ihnen, dass sie es solange mit mir alten Mann ausgehalten haben! Und wenn Sie mal wieder in Dallas sind, dann kommen Sie mich bitte besuchen!"

„Gern, Mr. Whiteman! Und ich habe Ihre Gesellschaft sehr genossen!" lächelte Serena dem alten Mann ins Gesicht. Sie mochte ihn wirklich.

Wie gerne hätte sie so einen Großvater wie ihn gehabt. Ihre eigenen hatte sie nie kennen gelernt.

„Ich werde mich meiner Freundin anschließen. Es war nett sie kennen gelernt zu haben." Stand auch Vicky vom Tisch auf.

„Na, Mr. Porter? Wer hätte das gedacht? Wir Alten bleiben sitze und die jungen Leute gehen schlafen!" lachte der Bürgermeister aus tiefstem Herzen.

Mühsam lächelte der Trainer zurück und versuchte Serena nicht anzusehen. Was er im Übrigen den ganzen Abend schon gemacht hatte. Ohne ein weiteres Wort drehte sich Serena um und verließ den Ballsaal so schnell sie konnte.

„Serena! Warte doch!" rief Vicky hinter ihr.

„Entschuldige. Aber ich musste da raus!"

„Kein Problem. Ich verstehe das. Übrigens: Meine größte Hochachtung. Du hast den Abend sehr gut gemeistert!" lobte Vicky ihre Freundin, während sie auf den Aufzug warteten.

„Danke. Aber jetzt will ich nur noch ins Bett!" meinte Serena müde.

„Stört es dich, wenn ich noch zu der Aftershowparty gehe? Oder brauchst du noch meine Hilfe?"

„Nein, nein. Geh nur. Wir sehen uns morgen!"

„Sicher?"

„Ganz sicher! Viel Spaß und lass mir die anderen schön grüßen! Genießt den Abend. Schließlich müsst ihr unseren Gruppensieg gebührend feiern!" lachte Serena ihrer Freundin ins Gesicht, damit diese sich keine Sorgen mehr machte.

„Gut. Wenn du was brauchst, dann weißt du ja wo du mich findest. Schlaf gut, Süße. Denk dran: Morgen fliegen wir wieder nach Hause und dann musst du ihn eine Weile nicht mehr sehen." Flüsterte Vicky ihr ins Ohr, als sie sie zum Abschied umarmte.

„Danke!" Schnell stieg Serena in den Aufzug, damit Vicky ihre feuchten Augen nicht mehr sehen konnte.

Sie war froh, so eine Freundin zu haben. Sie wüsste nicht, was sie ohne sie machen würde.

Kapitel 3:

Ein paar Minuten später lag Serena mit ihrem kuschligen Pyjama auf dem Bett und starrte in den Fernseher. Sie hatte keine Ahnung, was sie sich gerade ansah, da ihre Gedanken ständig um die letzten 24 Stunden schweiften. Es war so vieles geschehen, was sie erst verarbeiten musste.

Vom Sieg beim Wettbewerb angefangen, über die Chance auf ein gutes Collage und über den Kuss mit ihrem Trainer. Sie wusste nicht, über was sie als erstes nachdenken sollte.

Plötzlich riss ein leises Klopfen sie aus ihren Gedanken.

Serena musste sofort grinsen. Sicher war es Vicky, die wieder zurückgekommen war, weil sie ihre Freundin doch nicht alleine lassen wollte.

„Na warte, Vicky! Dich werfe ich jetzt im hohen Bogen aus dem Zimmer!" flüsterte sie lachend und öffnete die Tür.

Doch vor ihr stand nicht ihre Freundin, sondern ihr Trainer.

„Kann ich reinkommen?" wollte er vorsichtig wissen.

Zögernd stand Serena in der Tür und starrte ihn an. Eigentlich kannte sie die Antwort auf diese

Frage, doch irgendetwas in ihr ließ sie zur Seite treten, damit er eintreten konnte.

Nachdem sie die Tür wieder geschlossen hatte, herrschte einige Sekunden völlige Stille und im Gegensatz zu Serena tigerte Mark durch das Zimmer.

„Wartet nicht Ihre Frau auf Sie?" Die Frage kam unfreundlicher aus ihr raus, als geplant.

Abrupt blieb der Trainer stehen und starrte sie an. „Nein. Sie ist schon auf ihrem Zimmer. Wir haben getrennte Zimmer." Erklärte er ihr und tigerte dann wieder weiter durch den Raum.

„Was wollen Sie hier?" war Serena nach ein paar Minuten völlig genervt.

„Ich weiß es nicht." Flüsterte Mark und setzte sich erschöpft auf die kleine Couch.

„Was soll das heißen, Sie wissen es nicht? Es muss ja einen Grund geben, warum Sie hierhergekommen sind."

„Ja. Nein. Ich weiß nicht. Und hör auf Sie zu mir zu sagen. Ich fühle mich alt deswegen." Stöhnte der Trainer etwas genervt.

„Aber Sie sind mein Trainer! Es wäre nicht angemessen, wenn ich Sie duze." Entgegnete

Serena ihm und schenkte ihm und sich selbst ein Glas Wasser ein.

Wortlos reichte sie es ihm und setzte sich anschließend in den Sessel, der ihm gegenüberstand.

„Ich weiß. Du hast ja recht. Ich sollte besser gehen." Meinte Mark, nachdem er das Glas in einem Zug ausgetrunken hatte.

Wieder herrschte eine Weile völlige Stille. Bis er schließlich flüsterte: „Was mache ich hier?"

„Keine Ahnung. Das frage ich mich schon die ganze Zeit." Antwortete Serena kühl.

Obwohl ihr der Trainer aus unerfindlichem Grunde leidtat, blieb sie trotzdem distanziert. Zu ihrer eigenen Sicherheit.

Schließlich sah Mark ihr verzweifelt in die Augen. „Ich wollte mit dir noch einmal über unseren Kuss sprechen."

„Und ich sage es Ihnen noch einmal. Sie brauchen sich keine Sorgen darüber zu machen. Von mir erfährt niemand etwas und schon gar nicht ihre Frau. Dieser Kuss hatte quasi nichts zu bedeuten." Versuchte Serena ihn erneut zu beruhigen.

„Aber mir schon." Flüsterte Mark plötzlich.

Überrascht starrte Serena ihn an. Hatte sie das gerade richtig verstanden oder es sich nur eingebildet?

„Was hast du gerade gesagt?" wollte sie wissen.

„Du hast schon richtig verstanden. Mir geht der Kuss einfach nicht mehr aus dem Kopf. Ich weiß nicht, was ich tun soll! Ich bin dein Trainer. Ich darf so nicht empfinden." Verzweifelt stand er auf und ging zum Fenster, wo er ins Dunkel der Nacht starrte.

Serena bewegte sich nicht von ihrem Stuhl. Sie hatte keine Ahnung, was sie jetzt tun oder sagen sollte.

„Es fing schon seit einer Weile an" begann Mark zu erzählen, „Keine Ahnung wann. Es fing damit an, dass ich mich immer mehr darüber freute, wenn wir Training hatten. Ich merkte auch, dass ich nicht die Augen von dir lassen konnte, wenn du geschwommen bist. Ich hoffe, niemand sonst hat es bemerkt."

Serena sah ihm verblüfft an. Natürlich konnte sie ihm nicht sagen, dass es ihrer Freundin aufgefallen war.

Schweigend sah sie ihn immer noch an. Sie wollte ihn auf gar keinen Fall unterbrechen. Sie wollte hören, was er ihr noch zu sagen hatte.

„Ich habe dir heute ja schon erzählt, dass die Ehe zwischen meiner Frau und mir vorbei ist. Ich hatte also keinen Grund mich nicht anderswo umzusehen. Aber, dass ich mich ausgerechnet in dich, eine Schülerin, verliebe. Das war nicht meine Absicht."

Bei diesen Worten wandte er sich endlich vom Fenster ab und setzte sich wieder auf die Couch.

„Ich hatte mir sogar schon überlegt ob ich als Trainer die Schule wechsle. Aber ich wollte dabei sein, wenn du deinen Erfolg feierst. Ich wollte sehen, wie du dich entwickelst und dein Ziel erreichst und um ehrlich zu sein, wollte ich auch nicht weg von dir." Gestand Mark ihr.

Serena konnte immer noch nicht fassen was sie da zu hören bekam. Noch immer nicht, wusste sie, was sie sagen sollte.

„Ich weiß, dass ich das nicht zu dir sagen darf. Es ist verboten. Auch wenn du nur noch drei Monate auf meiner Schule bist. Trotzdem ist es strengstens verboten und ich mache mich schon strafbar, weil ich hier bei dir bin. Es wäre wahrscheinlich wirklich besser, wenn ich gehen würde." Meinte der Trainer resigniert und stand langsam auf um zur Tür zu gehen.

„Bitte, fühle dich jetzt nicht komisch oder seltsam. Du musst auch nichts dazu sagen. Ich wollte nur, dass du weißt, warum ich dich gestern küssen musste. Ich hatte mein Verlangen nicht länger unter Kontrolle. Falls ich dich jetzt in eine idiotische Situation gebracht habe, tut es mir leid. Vielleicht kannst du mir eines Tages wieder in die Augen sehen." Mit diesen Worten ging er zur Tür um das Zimmer zu verlassen.

„Warte!" flüsterte Serena.

Ohne sich umzudrehen, blieb Mark stehen und starrte auf die Tür.

„Geh nicht." Bat sie ihn.

Wie in Zeitlupe wandte er sich um und sah Serena in ihre strahlend braunen Augen. Mittlerweile war sie auch aufgestanden und stand ihm nun gegenüber.

„Warum nicht?" wollte er wissen, obwohl er die Antwort bereits in ihren Augen lesen konnte.

„Weil ich wahrscheinlich dasselbe empfinde wie du. Ich habe auch schon seit einer Weile Gefühle für dich. Immer wieder unterdrücke ich sie, weil du mein Trainer bist. Deine Frau ist meine Biologielehrerin. Es wäre einfach nicht gut, wenn wir diesen Gefühlen nachgehen würden. Oder?"

„Keine Ahnung. Ich weiß nur, dass ich so nicht mehr weiter machen kann."

„Und wenn wir uns aus dem Weg gehen? Ich muss ja jetzt nicht mehr trainieren. Wir könnten also….."

Doch weiter kam Serena nicht, denn Mark war mit wenigen Schritten bei ihr und küsste sie. Sofort schlang sie ihre Arme um seinen Hals und genoss diesen wundervollen Moment, der nur ihnen beiden gehörte.

„Vergiss es!" meinte er schließlich atemlos.

„Was genau meinst du?" sah sie ihn verwirrt an.

„Dass wir uns aus dem Weg gehen sollen. Willst du mich umbringen? Auch wenn wir nicht zusammen sein können, möchte ich dich doch wenigstens um mich haben und dich sehen. Es würde mich innerlich zerstören, wenn ich dich nicht mehr jeden Tag sehen könnte." Erklärte er und gab ihr einen flüchtigen Kuss.

„Aber was sollen wir jetzt tun?" Die Verzweiflung stand Serena ins Gesicht geschrieben.

„Ich weiß es nicht. Ich weiß nur, dass wir diesen Moment nicht länger mit Fragen zerstören sollten, auf die wir momentan keine Antworten haben." Lächelte er ihr aufmunternd zu und begann sie erneut zu küssen. Dieses Mal zärtlicher und voller Liebe.

In dieser Sekunde verwarf Serena all ihre Bedenken und ließ ihre Finger zu seinen Hemdknöpfen wandern um sie langsam einen nach dem anderen zu öffnen.

„Bist du dir sicher?" sah er ihr fragend in die Augen.

„Ja. Bin ich. Wenn wir auch nicht wissen, wie es weitergehen soll, aber diesen Moment können wir nur für uns haben und ihn genießen."

Mit diesen Worten, zog sie ihm das Hemd über seine Schulter.

Es war ein wundervoller Anblick für sie. Natürlich kannte sie seinen durchtrainierten Körper vom Schwimmtraining. Aber jetzt hatte sie Zeit ihn genauer zu betrachten und ihre Finger über seine Brust hinunter zu seinen Bauchmuskeln wandern zu lassen.

Sie spürte wie er den Atem anhielt und unter ihrer Berührung zu zittern begann. Serena genoss es, dass er wegen ihr so erregt wurde. Schließlich wurde sie kühner und begann ihm den Gürtel seiner Hose zu öffnen. Doch Mark reagierte sehr schnell und hielt ihre Hände fest.

„Jetzt bin ich dran." Hauchte er und begann die Knöpfe ihres Pyjamaoberteil zu öffnen.

„Was ist?" wollte er wissen, nachdem Serena errötend zu Boden starrte.

„Ich bin furchtbar angezogen. Wie kann dir das nur gefallen?"

Lachend sah er ihr in die Augen. „Mich interessiert nicht die Verpackung, sonder der Inhalt."

„Aber du hast meinen Körper schon so oft im Bikini oder Badeanzug gesehen. Das kann doch unmöglich noch neu für dich sein." Begann sie mit ihm zu flirten, während sie über seine Schultern strich.

„Ja. Ich habe dich schon oft mit wenig Kleidung gesehen, aber es macht mich jedes Mal sprachlos dich so zu sehen. Und der Unterschied zu jetzt ist ganz einfach erklärt." Lächelte er sie anzüglich an, während er ihr das Oberteil über die Schulter streifte. „Jetzt kann ich dich auch anfassen und berühren so….." Plötzlich stockte ihm der Atem als er feststellte, dass Serena keinen BH darunter trug.

„Was ist? Hat es Ihnen die Sprache verschlagen, Mr. Porter?" scherzte Serena, obwohl sie sich am liebsten bedecken wollte.

„Wenn du diese Schönheit sehen könntest, die ich sehe, dann würdest du auch nicht mehr wissen, was du noch sagen wolltest."

Ohne eine Antwort abzuwarten begann er sie wieder leidenschaftlich zu küssen.

Serena stöhnte auf, als er seine Hand nach unten zu ihrem Bauch und dann zu ihrer Brust wandern ließ. Es war ein berauschendes und erregendes Gefühl von Mark berührt zu werden.

Wenn sie jetzt noch Bedenken gehabt hätte, dann hätte sie sie jetzt völlig über Bord geworfen.

Überraschend hob er sie schließlich auf und ging mit ihr zum Bett, wo er sie vorsichtig ablegte um sie dann wieder von oben liebevoll anzusehen.

„Mark! Bitte! Du machst mich völlig nervös. Hör auf damit und küss mich lieber!" keuchte sie und zog ihn zu sich.

Wieder wanderten seine Hände vorsichtig über ihren Körper. Serena genoss jede Sekunde.

Irgendwann streifte er ihr die Pyjamahose runter und sie lag nur noch mit einem Slip bekleidet vor ihm.

„Wunderschön!" flüsterte er und beugte sich wieder über sie um sie zu küssen.

Wie berauscht fuhren ihre Hände über seinen Körper und begann nun ebenfalls ihm die Hose weiter aufzuknöpfen. Als sie verzweifelt daran zog, stand er lachend auf und zog sie sich rasch aus, bevor er wieder nackt bei ihr lag um sie in seinen Armen zu halten.

„Serena. Bist du dir wirklich sicher? Jetzt können wir noch aufhören." Unterbrach er einen Kuss zwischen ihnen beiden.

„Ja. Ich will es. Bitte hör nicht auf." Flüsterte sie atemlos.

Dies war nun das Startsignal für Mark und er zog ihr mit einer raschen Bewegung auch den Slip aus. Wieder musste er sich ein paar Sekunden nehmen um ihren durchtrainierten Körper anzustarren. Wie hatte er nur so lange auf diesen Moment warten können?

Da es Serena ein wenig peinlich war so beobachtet zu werden, lenkte sie seine Aufmerksamkeit auf ihre Lippen und begann ihn zu küssen. Dabei dreht sie ihn auf den Rücken. Voller Genuss begann sie ihn am Hals zu küssen. Ihre Lippen wanderten langsam über seine Schulter auf seine Brust. Bei jeder ihrer Bewegungen begann Mark erregt zu zittern. Mit einem Lächeln auf den Lippen, wanderte sie weiter nach unten. Jeder einzelne Bauchmuskel wurde von ihr ausgiebig geküsst, bis sie schließlich am Ziel angekommen war.

Ganz langsam begann sie ihn mit ihrem Mund zu verwöhnen.

„Serena!" stöhnte Mark auf und hielt sich an ihrem Haar fest, während sie ihn solange verwöhnte, bis er stöhnend die Erlösung fand, auf die sie die ganze Zeit aus war.

Nachdem er sich beruhigt hatte, zog er Serena zu sich und nahm sie fest in seine Arme. „Gib mir ein paar Minuten! Dann bist du dran!" versprach er. Lächelnd legte sie ihren Kopf auf seine Oberkörper und hörte seinem Herzen zu, das kräftig und stark gegen seine Brust schlug.

„In drei Monaten bin ich aus der Schule draußen." Unterbrach Serena die Stille.

„Was meinst du?" wollte er immer noch atemlos wissen, während er ihr über den Kopf strich.

„Danach bist du nicht mehr mein Lehrer. 3 Monate! Mehr nicht. Denkst du, dass wir dann eine Chance hätten?" Hoffnungsvoll drehte sie ihren Kopf zu ihm und sah ihm erwartungsvoll in die Augen.

„Ich hoffe es! Wenn es nach mir geht: ja." Mit diesen Worten begann er sie zu küssen. Nun wanderte seine Hand an ihrem Körper entlang und seine Lippen folgten ihr.

Als er bei Serenas Brüsten angelangt war, ließ er sich jede Menge Zeit. Jede einzelne Brust wurde ausgiebig mit seiner Zunge verwöhnt. Bei jeder Berührung begann Serena noch lauter zu stöhnen und es machte ihm Freude, dass sie es so genießen konnte.

„Mark!" verlangte sie stöhnend und schob ihn etwas weiter nach unten. Lachend begann er nun ihren Bauchnabel zu verwöhnen. Was Serena noch mehr zum Stöhnen brachte.

Schließlich begann er mit seiner Hand ihr Bein entlang zu streicheln. Ganz langsam und voller Genuss, berührte er jeden Zentimeter, bis er schließlich in ihrer Mitte angelangt war.

Serena wandte sich wie wahnsinnig unter seinen Berührungen. Es war kaum auszuhalten für sie.

„Mark!" hauchte sie flehend.

„Ja?" sah er sie verschmitzt an.

„Bitte…." Doch mehr brachte sie nicht mehr heraus, nachdem seine Lippen seiner Hand gefolgt waren. Zärtlich begann er sie zu küssen und sie mit seiner Lippe zu verwöhnen. Er genoss es, wie unruhig sich Serena unter ihm wälzte. Bis er schließlich merkte wie ihr Atem immer schneller ging und sich ihre Muskeln unter ihm zusammenzogen. Um ihr den Höhepunkt ihres

Lebens zu bescheren, begann er sie nun stürmischer mit seinen Lippen zu verwöhnen, was sie ihm mit einem explosiven und langen Orgasmus dankte.

Erschöpft lag sie mit geschlossenen Augen unter ihm. Sie hatte keine Ahnung, wie sie sich jemals wieder bewegen sollte.

Plötzlich hörte sie wie aus weiter Entfernung ein Papier rascheln. „Was machst du da?" wollte sie immer noch atemlos wissen.

Grinsend hielt er ihr die leere Verpackung seines Kondoms hin und beugte sich wieder über sie. Mit einer schnellen Bewegung stieß er in sie hinein. Überrascht darüber bäumte sich Serena erneut voller Erregung auf. Sie begannen sich gemeinsam in einem harmonischen Rhythmus zu bewegen. Es fühlte sich an, als wären sie füreinander geschaffen. Jede Bewegung bildete eine Einheit.

Jeder einzelne Stoß von ihm brachte sie beide immer näher zu ihrer Erfüllung.

Schließlich ging ihr Atem immer schneller und auch Mark konnte sich nicht mehr länger beherrschen. Doch er wollte warten. Wollte auf sie warten. Deshalb nahm er seine Hand und begann ihre Mitte zu massieren. Erst als er merkte, dass sie dem Höhepunkt immer näherkam, ließ er sich fallen.

Gemeinsam hatten sie einen unglaublichen Orgasmus, der in Wellen über sie schwappte.

Keuchend brach er auf ihr zusammen, wobei er darauf achtete, sie nicht zu sehr zu zerdrücken.

Liebevoll begann sie über seinen Kopf zu streicheln, den er auf ihrer Brust abgelegt hatte.

Erst als er sich sicher war, sich wieder bewegen zu können, stand er rasch auf um im Bad das Kondom loszuwerden. So schnell er konnte, war er wieder bei ihr und nahm sie liebevoll in seine Arme.

Es vergingen einige Minuten. Diese Zeit lagen die beiden einfach nur engumschlungen beieinander und genossen die Anwesenheit des jeweils anderen. Serena hatte wieder ihren Kopf auf seinem Oberkörper abgelegt und lauschte seinem Herzschlag.

Schließlich hatte sich sein Herz wieder beruhigt und ihre beiden Herzen begannen im Einklang zu schlagen.

„Wir müssen reden." Unterbrach Serena aber trotzdem nach einer Weile diesen innigen Moment.

„Ich weiß."

Wieder herrschte eine Stille. Doch dieses Mal war es anders, weil sie beide ihren Gedanken nachhingen.

„Was sollen wir jetzt tun?" wollte die Schwimmerin dann schließlich doch wissen.

„Um ehrlich zu sein: Ich habe keine Ahnung. Vielleicht sollten wir diese drei Monate wirklich abwarten. Du beendest deine Schule und ich werde in der Zwischenzeit meine Scheidung einreichen." Schlug Mark vor, während er ihr verträumt über ihren Rücken fuhr.

„Drei Monate? Drei Monate sollen wir uns nicht sehen oder treffen? Wie soll das gehen? Außerdem willst du das wirklich?" Mit einem fragenden Blick sah sie ihm in die Augen.

Nach einer kurzen Minute, schüttelte er schließlich den Kopf. „Nein. Natürlich will ich nicht warten. Am liebsten, würde ich es der ganzen Welt sagen. Aber das geht nicht und das weißt du auch. Du bist immer noch meine Schülerin und ich dein Trainer. Wenn es jemand erfährt, dann verliere ich meinen Job und du kannst dein Stipendium vergessen."

„Aber was sollen wir sonst tun? Sollen wir uns wirklich aus dem Weg gehen?"

„Es sind ja nur drei Monate. Die gehen schneller rum, als du denkst. Außerdem musst du dich auf deine Abschlussprüfungen konzentrieren. Auch wenn du große Chancen auf ein Sportstipendium hast, solltest du deine Noten nicht vernachlässigen!"

„Bitte sag das nicht! Du hörst dich gerade wie mein Lehrer an und das ist ganz schön schräg." Grinste Seren gequält.

„Ich BIN ja auch dein Lehrer!" lachte Mark und gab ihr einen Kuss.

„Ja. Das stimmt. Aber im Augenblick nicht. Zerstör bitte diesen Moment nicht. Erzähl mir lieber, wann du dich in mich verliebt hast?"

„In Ordnung. Also um ehrlich zu sein, weiß ich das nicht so genau. Es hat irgendwann in den letzten Monaten angefangen. Meine Ehe war zerbrochen und ich fühlte mich einsam. Irgendwann bemerkte ich dann, dass das Training mit dir mir guttat und mich all meine Sorgen vergessen ließ. Plötzlich begann ich mich jeden Tag auf den Nachmittag zu freuen, wo wir trainierten. Es gab für mich nichts Schöneres als dir beim Schwimmen zuzusehen.

Am Anfang war es für mich nicht einfach. Ich versuchte diese Gefühle zu ignorieren. Schließlich waren, oder besser gesagt, sind sie verboten. Je näher der Wettbewerb kam und je mehr wir trainieren mussten um so mehr verliebte ich mich in dich. Ich genieße einfach jede Minute mit dir. Ich ertappte mich sogar dabei, wie ich dir vor der Schule oder auf dem Gang hinterher sah. Irgendwann musste ich mich zwingen, damit aufzuhören." Lachte Mark bei diesen Erinnerungen.

„Ich muss dir etwas gestehen!" flüsterte Serena, „Vicky hat mir vor einiger Zeit gesagt, dass sie denkt, dass du mich anstarrst. Sie war der Meinung, dass du komisch bist und irgendwie seltsam mit mir umgehst. Sie hat sogar vermutet, dass du dich in mich verliebt hast. Du siehst also, so dezent warst du dann doch nicht!" scherzte die Schwimmerin.

„Was? Vicky weiß Bescheid?" wollte Mark entsetzt wissen und setzte sich auf dem Bett auf.

„Mark! Bitte! Du brauchst keine Angst zu haben. Vicky ist meine beste Freundin. Schon seit dem Kindergarten. Sie wird niemandem etwas erzählen. Sie ist auf meiner Seite."

„Bist du dir sicher?" fragte er immer noch beunruhigt.

„Ja. Ganz sicher. Vicky würde ich mein Leben anvertrauen! Versprochen!" versuchte sie ihn zu beruhigen und kuschelte sich wieder an ihn.

„Na gut. Ich vertraue dir. Wenn du meinst, dass Vicky uns nicht verrät, dann werde ich dir glauben. Aber jetzt mal zu dir! Wann hast du gemerkt, dass ich mehr für dich bin?"

Serena überlegte kurz. „Mir geht es da wahrscheinlich genauso wie dir. Irgendwann habe ich angefangen, dich mit anderen Augen zu sehen. Immer wieder habe ich auch von dir geträumt. Auch für mich war es nicht einfach. Schließlich bist du mein Trainer und außerdem verheiratet mit meiner Professorin! Ich habe versucht dieses Kribbeln im Bauch zu ignorieren und konzentrierte mich völlig aufs Schwimmen. Eine Zeit lang hat es wirklich geholfen, doch je mehr Zeit wir miteinander verbracht haben, desto schwieriger wurde es auch für mich. Und als du mich gestern geküsst hast, war es um mich geschehen. Ich hatte keine Ahnung wie ich damit umgehen soll. Andererseits hast du mir damit so viel Energie geschenkt! Beim Wettbewerb war das sehr hilfreich. Ich konnte mein ganzes Adrenalin im Wasser abbauen." Lachte sie.

„Gern geschehen!" grinste er.

„Ich wäre sogar fast nicht zu dem Galadinner gegangen, wenn du nicht vorher bei mir aufgetaucht wärst. Irgendwie haben mich deine Worte so beschäftigt, dass ich völlig vergessen hatte, dass ich nicht zu dem Essen gehen wollte. Außerdem hat Vicky mich auch ermutigt hinzugehen."

„War das der Grund, warum sie sich so schnell neben mich gesetzt hatte? Um dich zu schützen?" überlegte Mark laut.

„Ja. Sie wollte nicht, dass ich noch mehr leiden musste." bestätigte Serena seinen Verdacht.

Plötzlich sah er sie ernst an. „Serena. Wir müssen wirklich vorsichtig sein. Zumindest diese drei Monate. Solange du noch meine Schülerin bist riskieren wir einiges."

„Ich weiß. Wir werden das schon schaffen. Wie du gesagt hast, es sind nur drei Monate. Das machen wir schon!" blieb Serena optimistisch und begann ihn zu küssen.

„Serena! Das geht nicht. Ich muss in mein Zimmer. Ich kann nicht hier schlafen!" wandte Mark ein und versuchte sie von sich zu schieben, obwohl er das eigentlich nicht wollte.

„Wer sagt denn etwas vom schlafen?" Sah sie ihm Lasziv an und begann mit ihren Lippen seinen Oberkörper hinunter zu wandern.

„Du machst mich fertig!" hauchte er resigniert.

Kapitel 4:

Am nächsten Morgen wurde Serena von den ersten Sonnenstrahlen geweckt. Obwohl ihr alles weh tun sollte, fühlte sie sich wie neu geboren.

Sie war so glücklich wie schon sehr lange nicht mehr. Vielleicht hatte sie doch endlich, seit dem Tod ihres Vaters, ein wenig Glück abbekommen!
Verschlafen tastete sie auf die andere Seite ihres Bettes. Enttäuscht musste sie feststellen, dass Mark nicht mehr neben ihr lag. Außer seinem Geruch und einem kleinen Zettel war nichts mehr von ihm zu sehen.
Lächelnd nahm sie den Zettel und las die liebevollen Zeilen, die darauf standen.

„Meine liebste Serena!
Das war eine wundervolle Nacht für mich, die ich sehr lange nicht vergessen werde. Ich hoffe, du auch nicht. Wir sehen uns morgen Früh beim Frühstück. Auch wenn es uns schwerfallen wird, wir zwei werden das schaffen. Daran glaube ich ganz fest!!!
Dein Mark!"

Noch ein paar Mal las sie sich die Zeilen glücklich durch, bevor sie aus dem Bett krabbelte und sich im Bad duschen ging.

Wenig später nahm sie statt dem Aufzug die Stufen, nur weil sie das Gefühl hatte, Adrenalin abbauen zu müssen.

Da sie am Vortag den Wettbewerb gewonnen hatte, würde sich sicher auch niemand über ihren fröhlichen Zustand wundern und somit konnte sie die Liebe, die in ihr brodelte, einfach genießen.

Da sie schon so früh aufgestanden war, war sie die erste beim Frühstücksbüffet und genoss noch ein wenig die Ruhe. Sie hatte den Speiseraum nahezu allein für sich.

Bis auf den Kellner und ein älteres Ehepaar, war sie vollkommen allein und schloss genießerisch die Augen, während die Sonnenstrahlen auf ihr Gesicht schienen.

„Hat dir heute schon jemand gesagt, dass du wunderschön aussiehst?" Flüsterte Mark ihr plötzlich zärtlich ins Ohr.

Überrascht öffnete sie die Augen und starrte ihn an, während eine leichte Röte über ihr Gesicht huschte.

„Reißen Sie sich zusammen Miss Parker! Sie sehen so aus, als wären Sie glücklich!" scherzte er leise und sah sich um, ob auch sonst niemand hier war.

„Da muss ich Sie leider enttäuschen, Mr. Porter. Ich bin SEHR glücklich. Ich hatte gestern einen der schönsten Tage meines Lebens!" grinste Serena.

„Das glaube ich gerne! Schließlich gewinnt man nicht jedes Jahr die Meisterschaft!" beteiligte sich plötzlich Barbara Porter an dem Gespräch. An ihrem Gesichtsausdruck war zu erkennen, dass sie nicht alles von ihrem Gespräch mitbekommen hatte. Trotzdem war es ein seltsames Gefühl und Serena starrte auf ihren Teller.

„Danke, Mrs. Porter." Murmelte sie und biss in ihr Brötchen.

„Kommst du?" wandte die Professorin sich an ihren Mann und dieser nickte ihr nur nachdenklich zu.

„Wir treffen uns um 10 Uhr draußen vor dem Hotel! Nicht vergessen! Unser Flug geht um 12:30 Uhr!" Erinnerte sie die Biologielehrerin noch einmal, bevor sie zu einem anderen Tisch ging. Auffordernd sah sie ihren Mann an. „Komme gleich!" rief er ihr zu und wandte sich dann etwas leiser an Serena. „Es tut mir leid. Ich hoffe aber trotzdem, dass du dir deine Fröhlichkeit behältst!" lächelte er und ging dann zu seiner Frau.

„Was wollte Mr. Porter von dir?" Erschreckte Vicky ihre Freundin, indem sie plötzlich hinter ihr auftauchte.

„Er hat mir noch einmal zu meinem Sieg gratuliert." Meinte Serena und versuchte nicht zu seinem Tisch zu sehen.

„Serena! Du kannst mir nichts vormachen. Ich merke doch, dass hier irgendetwas anders ist an dir. Was ist passiert?" hackte Vicky misstrauisch nach.

„Keine Ahnung wovon du sprichst!" grinste die Schwimmerin nun ihre Freundin an.

„Serena Parker! Sag mir sofort was los ist!" zischte Vicky, da sie nicht laut reden konnte. Der Frühstücksraum füllte sich immer mehr mit

Menschen, die dringend Kaffee brauchten um den Tag zu beginnen.

„Er war gestern noch bei mir!" flüsterte Serena.

„Waaas? Was wollte er von dir?"

„Reden. Na ja. Zuerst wollte er reden, dann……."

„Oh mein Gott!" rief Vicky mit einer Mischung aus Entsetzen und Überraschung.

„Psst. Nicht so laut!" Besorgt schielte Serena zum Tisch der Porters, aber keiner der beiden schien etwas gehört zu haben.

„Wie kam es dazu?" wollte ihre Freundin ungeduldig wissen.

„Na ja. Wir haben geredet. Aber eigentlich hat er geredet. Solange bis er mir seine Liebe gestanden hatte. Den Rest kannst du dir denken."

„Oh mein Gott!" wiederholte Vicky sich, „Und wie geht es jetzt weiter?"

„Keine Ahnung! Zumindest die nächsten drei Monate müssen wir vorsichtig sein. Solange bin ich ja noch seine Schülerin. Danach weiß ich noch nicht was passiert. Schließlich will ich ja aufs Collage!"

„Ich möchte dich ja nicht von deiner rosaroten Wolke herunterholen, aber er ist verheiratet! Ist dir das klar?" Dabei deute sie auf den Tisch der beiden Lehrer, die zum Glück von ihrem Gespräch nichts mitbekamen.

„Ich weiß. Aber sie leben bereits seit längerem getrennt. Sie leben in so einer Art WG. Er hat auch gemeint, dass er demnächst die Scheidung einreichen wird." Erklärte sie weiter.

„Bist du dir sicher, dass er auch die Wahrheit sagt?" warnte Vicky ihre Freundin.

Überrascht sah Serena ihre Freundin an. Darüber hatte sie überhaupt noch nicht nachgedacht. Konnte es sein, dass Mark mit ihr spielte? War sie nur eine dumme Schülerin, die er rumkriegen konnte?

„Ich denke nicht." Stotterte sie die Antwort und blickte kurz zu Mark, der gerade von seinem Frühstückstisch aufstand und ebenfalls kurz zu ihr sah. Ein kurzes Lächeln huschte über sein Gesicht, bevor er mit seiner Frau den Raum verließ.

„Serena. Du musst vorsichtig sein. Du weißt, dass ich dir alles Glück dieser Erde wünsche, aber solange er noch verheiratet ist und du seine Schülerin bist, solltest du wirklich vorsichtig sein!"

Dankbar sah Serena ihre Freundin an. „Danke Vicky! Ich weiß, dass du dir Sorgen um mich machst. Aber das brauchst du nicht. Ich werde diese Sache schon irgendwie schaffen. Ich muss! Denkst du nicht, dass ich endlich mal ein wenig Glück verdient hätte?"

„Natürlich hast du das! Wer, wenn nicht du? Aber du sollst wissen, dass ich immer für dich da bin. Wenn du also mal was brauchst und sei es nur ein Ohr: Ich bin für dich da!" Lächelte Vicky sie an. „So und jetzt musst du mir erzählen, wie es war?" grinste sie.

Serena verdrehte die Augen und sah ihre Freundin genervt an. „Du weißt ganz genau, dass ich über so etwas nicht spreche!"

„Sag mir wenigstens ob es gut oder schlecht war! Bitteeee!"

„Es war……Fantastisch!" Mit diesen Worten stand Serena vom Tisch auf und machte sich auf dem Weg zu ihrem Zimmer um den Koffer fertig zu packen. Dabei ließ sie ihre verdutzte Freundin alleine am Tisch sitzen.

Immer noch lächelnd ging sie zum Aufzug und wartete darauf, dass die Türen aufgingen. So viel Adrenalin sie noch vor einiger Zeit hatte, nach diesem ausgiebigen Frühstück, konnte sie sich kaum noch bewegen. Also hatte sie beschlossen den Aufzug zu nehmen.

Endlich war dieser im Erdgeschoss angekommen und öffnete seine Türen. Nachdem sie die Leute aussteigen hatte lassen, stieg sie alleine in den Aufzug ein. Bevor sich jedoch die Türen hinter ihr schließen konnten, hielt noch jemand den Aufzug an um mitfahren zu können.

Ohne einen Blick auf die Person zu werfen, grinste Serena weiterhin vor sich hin und starrte auf den Fussboden.

Plötzlich wurde sie von der Person ohne Vorwarnung gegen die Wand gedrückt und geküsst. Zuerst wollte sich Serena wehren, doch als sie erkannte, dass es Mark war, zog sie ihn noch näher an sich heran.

Ihre leidenschaftliche Begegnung dauerte allerdings nicht allzu lange, da bereits eine Stimme ihnen ankündigte, das richtige Stockwerk erreicht zu haben.

Sofort fuhren die beiden auseinander und Serena versuchte sich so schnell wie möglich die Kleidung und die Haare zurecht zu rücken.

„Du siehst umwerfend aus!" flüsterte Mark noch schnell, bevor die Türen aufgingen.

Als sie den Gang entlang gingen um zu ihren Zimmern zu gelangen, grinste der Trainer immer wieder zu ihr hin.

„Lass das! Wenn uns jemand sieht!" zischte sie mit zusammen gebissenen Zähnen.

„Jawohl, Miss Parker!" Er machte einen ernsten Gesichtsausdruck, mit dem er sie noch mehr zum Lachen brachte.

„Soll ich dir beim Packen helfen?" wollte er wissen, als sie bei ihrer Zimmertür angekommen waren.

„Untersteh dich! Du weißt ganz genau, dass ich dann zu allem komme, aber nicht zum Packen!" Mit einem leichten Schubs, stieß sie ihn ein wenig von sich.

„Und wenn ich verspreche brav zu sein?" hauchte er ihr ins Ohr.

Nur mit größter Anstrengung schüttelte sie den Kopf.

In diesem Moment öffneten sich erneut die Türen des Aufzugs und Vicky kam heraus.

Grinsend sah sie zu den beiden hin und sah noch in letzter Sekunde, wie Mark einen Schritt zurücktrat.

„Guten Morgen, Mr. Porter! Gut geschlafen?" wollte Vicky wissen und warf Serena einen kurzen Blick zu.

„Danke der Nachfrage! Und Sie? Haben Sie Ihren Sieg ausgiebig gefeiert?" führte er den Smalltalk weiter.

„Ja. Danke. Wir hatten großen Spaß!"

„Gut. Dann werde ich jetzt mal gehen. Schließlich müssen wir noch alle packen. Also, Serena, noch einmal herzlichen Glückwunsch zum Sieg!" Mit diesen Worten ließ der Trainer die beiden Frauen stehen.

„Vicky! Reiß dich zusammen! Wegen dir werden wir noch auffliegen!" warnte Serena ihre

Freundin, nachdem Mark auf seinem Zimmer verschwunden war.

„Keine Angst! Auf mich kannst du dich verlassen! Ich gehe jetzt packen! Wir sehen uns dann!" verabschiedete sich Vicky und grinste ihre Freundin noch einmal an.

Kapitel 5:

Eine Stunde später trafen sich alle Teammitglieder vor dem Hotel und warteten gemeinsam auf ihren Bus, der sie zum Flughafen fahren würde.

So gut es ging, verhielten sich die beiden frisch Verliebten so normal wie möglich. Außer Vicky, schien niemandem die Blicke aufzufallen, die sie sich hin und wieder zuwarfen.

Wenige Minuten später hielt der Bus endlich vor ihnen an und alle anwesenden begannen ihr Gepäck einzuladen.

„Frau Parker! Gott sei Dank erwische ich sie noch!" Konnte diese die Stimme des Bürgermeisters hören, als sie gerade dabei war ihre beiden Koffer in den Bus zu packen.

„Hallo Mr. Whiteman! Schön Sie noch einmal zu sehen!" freute sie sich.

„Ja, mich freut es auch. Aber ich komme leider nicht nur deswegen. Ich hätte eine große Bitte an Sie!" sah er sie flehend an.

„Und die wäre?"

„Würden Sie Ihren Aufenthalt bis Sonntag verlängern?"

„Verlängern? Bis Sonntag? Und was soll ich Ihrer Meinung nach in diesen vier Tagen machen?" wurde Serena neugierig.

„Ich habe heute auf meinem Schreibtisch einige Interviewanfragen für Sie gefunden. Und da wir bald Neuwahlen haben, würden Sie mir damit einen großen Gefallen tun! Ich komme natürlich für alle Kosten auf!" Erwartungsvoll sah sie Mr. Whiteman mit großen Augen an.

„Das kommt jetzt ganz schon kurzfristig. Ich bin gerade dabei zum Flughafen zu fahren." Mit dieser Bitte war die Schwimmerin sehr überrumpelt worden.

Immerhin war es sehr verlockend ein paar Tage länger nicht nach Hause zu fahren. Ihrer Mutter würde es sowieso nicht auffallen. Sie wusste ja nicht einmal, dass sie zu einem Schwimmwettbewerb nach Dallas geflogen war.

„Hallo! Mr. Whiteman! Sie hier? Ist etwas passiert?" hörte sie Marks Stimme hinter sich.

„Mr. Porter! Gut, dass ich Sie auch noch erwische! Ich habe auch an Sie eine Bitte! Wie ich Miss Parker bereits erklärt habe, würde sie mir einen großen Gefallen tun, wenn Sie noch bis Sonntag in Dallas bleiben würde. Ich hätte ein paar Interviewanfragen für sie. Für Sie beide. Da ich kurz vor der Wahl stehe, wäre das gute Publicity für mich. Ich komme auch für alle Kosten auf! Was halten Sie davon?"

Überrascht und ebenfalls überrumpelt starrte Mark zuerst den Bürgermeister und dann Serena an. Den beiden war klar, was das für eine Chance sein würde.

„Ich weiß nicht recht. Wir können doch nicht einfach so hierbleiben. Das muss ich erst mit meiner Kollegin besprechen. Barbara? Hättest du kurz einen Moment?" rief er seine Frau zu sich her.

Nach kurzen Sätzen hatte er ihr alles erklärt. Auch sie schien sehr überrascht darüber zu sein.

„Na ja. Heute ist Donnerstag. Serena würde die restliche Woche nicht mehr wirklich viel in der Schule verpassen. Außerdem hat sie einen sehr guten Notendurchschnitt. Sie kann es sich leisten, die paar Tage noch zu fehlen. Und deinen Unterricht könnte Tom übernehmen. Wenn ihr beide also dazu Lust habt, wäre es möglich." Überlegte Mrs. Porter laut vor sich hin.

Völlig Perplex starrte Serena die beiden Lehrer an. Passierte das gerade wirklich? Hätte sie tatsächlich die Möglichkeit, mit Mark ein wenig Zeit alleine ohne die anderen zu verbringen?

„Ach das wäre hervorragend!" freute sich der Bürgermeister und wandte sich wieder der Schwimmerin zu. „Was halten Sie davon, Miss Parker?"

„Ähm…. Von mir aus. Auf mich wartet niemand zu hause." Stotterte sie völlig überrumpelt.

„Und Sie, Mr. Porter?" fragte er nun den Trainer.

„Wenn meine Frau und Kollegin einverstanden und es von der Schule aus möglich ist, dann sehe ich darin kein Problem."

„Das ist sicher kein Problem. Ich habe mit ihrer Schuldirektorin bereits gesprochen. Sie hatte nichts dagegen, wenn Sie beide einverstanden sein würden!" grinste der Mr. Whiteman schelmisch.

„Sie sind ja einer!" lachte Mrs. Porter. „Also gut. Ihr beiden! Dann holt wieder euer Gepäck aus dem Bus. Wir müssen leider los, sonst verpassen wir den Flug!" lächelte sie freundlich und verabschiedete sich mit einem flüchtigen Kuss auf die Wange von ihrem Mann und auch Serena wurde noch einmal umarmt. „Viel Spaß ihr beiden! Meldet euch zwischendurch mal, wie es euch geht!"

Wie unter Hypnose nahm Serena wieder ihre beiden Koffer aus dem Bus und starrte zu Vicky, die bereits im Bus am Fenster saß und nach draußen grinste. Bevor der Bus weg fuhr formte diese mit ihren Lippen: „Viel Spaß!" und die Schwimmerin konnte ihr nur hinterher nicken.

„Ich freue mich, dass Sie dageblieben sind!" freute sich der Bürgermeister. „Ihre Zimmer habe ich bereits verlängern lassen. Sie müssen sich nur Ihre Schlüsselkarte wiederholen."

„Sie haben wohl schon an alles gedacht! Was hätten Sie getan, wenn wir nein gesagt hätten?" wollte Mark lachend wissend, als sie wieder zurück ins Hotel gingen.

„Da hätte ich mir dann schon was einfallen lassen!" Noch immer kam der alte Mann nicht aus dem Grinsen heraus. „Ach ja! Hier hätte ich einen Zettel für Sie beide vorbereitet mit allen Terminen darauf. Sie werden alle bei mir im Büro stattfinden. Sie beide werden eine Stunde vorher mit einem Wagen abgeholt! Und als kleines Dankeschön, habe ich Ihnen beiden für heute keinen Termin aufgehalst! Morgen reicht es früh genug. Ist das für Sie beide in Ordnung? Sie könnten heute unsere herrliche Stadt genießen. Ich stelle Ihnen gerne dafür auch einen Wagen zur Verfügung."

„Danke für alles. Ich denke, wir sollten jetzt mal wieder unsere Zimmer beziehen und mal ein wenig runterkommen. Schließlich wollten wir noch vor ein paar Minuten zum Flughafen fahren." bat Mark und nach einem kurzen Blick auf den Zettel meinte er: „Wie ich sehe, werden wir uns morgen um 10Uhr wiedersehen."

„Ja. Ich danke Ihnen beiden noch einmal von ganzem Herzen! Sie tun mir damit einen wirklich sehr großen Gefallen!" Dabei schüttelte er den beiden freundlich die Hand und verließ anschließend das Hotel.

Noch immer standen die beiden in der Lobby und starrten dem Bürgermeister hinterher.

„Das ist ja eine interessante Wendung!" begann Mark zu grinsen und blickte zu Serena, die ihn leicht errötend anlächelte.

„Schicksal?" flüsterte sie.

„Vielleicht! Komm. Wir sollten uns die Schlüsselkarten wiederholen und mal wieder Koffer auspacken."

Wenige Minuten später standen sie wieder im Aufzug nach oben, nur dieses Mal nicht alleine, was Mark sichtlich sehr bedauerlich fand.

Serena konnte ihr Glück kaum fassen. Was passierte hier gerade? Hatte sie wirklich die Chance auf ein paar Tage mit ihm allein?

„Musst du deine Mutter anrufen?" wollte er wissen, während sie zu den Zimmern gingen.

„Nein. Du weißt doch. Sie bekommt es sowieso nicht mit. Wahrscheinlich schläft sie gerade ihren Rausch vom Vortag aus."

„Es tut mir leid für dich. Wenn ich dir nur mehr helfen könnte!"

„Das tust du ja! Du hast mir geholfen, die Meisterschaft zu gewinnen! Jetzt habe ich die Möglichkeit nach einem neuen, besseren Leben!" Serena konnte gar nicht wiedergeben, wie dankbar sie ihm darüber war.

„Ich hoffe doch, dass ich mittlerweile mehr für dich bin, als dein Trainer!" flüsterte er und strich ihr zärtlich übers Gesicht, nachdem er sich vergewissert hatte, dass sie alleine auf dem Gang waren.

„Das wird sich noch zeigen." Scherzte Serena ernst.

„Gut. Dann habe ich ja jetzt vier Tage Zeit dir zu beweisen, dass ich es wert bin mich zu lieben. Und damit fangen wir wohl am besten gleich an!" grinste er sie frech an und zerrte sie in ihr Zimmer.

Lachend stolperte sie hinter ihm her, bis er sie schließlich in seine Arme nahm und sie zu küssen begann. Es waren zärtliche Küsse, die die Erleichterung ausdrücken sollten, die sie beide nun empfanden. Sie waren hier! Zu weit! Allein! Keiner von ihnen konnte es noch so richtig verstehen.

„Ich bin verrückt nach dir!" hauchte er ihr ins Ohr, während er begann ihren Hals zu küssen. Serena schloss ihre Augen und genoss seine Berührungen. Sanft und voller Liebe zog er ihr ihre Jacke und anschließend ihre Weste aus.

Die Schwimmerin begann ebenfalls seine Jacke aufzuknöpfen. Dabei ließen sie sich beide Zeit. Sie hatten ja genug Zeit! Sie wollten den Moment einfach nur genießen.

„Hast du nicht zu Mr. Whiteman gesagt, dass wir zuerst gerne unsere Koffer auspacken wollen?" scherzte Serena und tat so als wäre sie verwundert.

„Ich packe ja aus! Zwar nicht meinen Koffer, aber dafür dich! Mein Gott wie viele Schichten hast du noch an?" begann er sich zu beschweren, nachdem er nach dem T-Shirt auch noch ein Unterhemd vorfand.

„Es ist immer noch April! Und das Wetter heute ist auch nicht gerade berauschend. Ich hatte ja keine Ahnung, dass ich meine Kleidung so schnell wieder ausziehen würde." Lachte sie über seine Ungeduld, als er entdeckte, dass sie unter ihrer Hose auch noch eine Leggins anhatte.

„Merk dir für die nächsten Tage: So wenig wie möglich anzuziehen! Es sei denn, du möchtest mich wahnsinnig machen!" befahl er ihr mit einem lasziven Lächeln im Gesicht.

„Jawohl, Mr. Porter! Ich werde daran denken!"

„Könntest du für die nächsten Tage den Mr. Porter vor der Tür lassen und mich Mark nennen? Ich fühle mich jedes Mal total alt, wenn du das sagst!"

„Geht in Ordnung, Mr...... Mark!" Tat sie ihm den Gefallen.

Nachdem Serena nun endlich nur noch in Unterwäsche vor ihm stand, begann er sie ehrfürchtig zu betrachten.

„Lass das!" Instinktiv hielt sie sich die Arme vor die Brust.

„Nein. Bitte nicht! Du bist so schön. Ich könnte dich den ganzen Tag nur ansehen!" flüsterte er atemlos und strich ihr dabei mit den Fingern über ihr Schultern, hinunter zu ihren Brüsten. Ein angenehmer Schauer lief Serena über den Rücken.

Nun zog auch sie ihn weiter aus. Wobei sie feststellen musste, dass er viel weniger anhatte, als sie.

Schließlich warfen sie sich nackt aufs Bett und ihre Küsse und Berührungen wurden immer leidenschaftlicher. Wie zwei Ertrinkende hielten sie aneinander fest und berührten sich mit Händen und Lippen.

„Mark! Ich…..Bitte….Ich….Will……Dich…..Jetzt!" rief Serena voller Erregung.

„Einen Moment. Ich muss nur noch schnell ein Kondom aus meiner Tasche holen!"

Mit schnellen Schritten war er bei seiner Reisetasche und suchte verzweifelt nach einem Kondom.

„Endlich!" war er erleichtert und war sofort wieder bei Serena angelangt. Diese empfing ihn mit geöffneten Armen und Beinen. Ohne zu zögern stieß Mark mit voller Leidenschaft in sie hinein.

Für beide war es wie nach Hause kommen. Sie hatten das Gefühl, dass es nichts Wichtigeres auf der Welt gab, als dass sie vereint waren.

Wie schon am Abend zuvor fanden sie beide ihren gemeinsamen Rhythmus relativ schnell und genossen jede Sekunde zusammen.

Immer wieder stieß er in sie hinein, wobei er jedes Mal stöhnend das Gefühl hatte zu sterben. Auch Serena konnte nicht mehr klar denken. Sie konnte nur noch fühlen.

Schließlich wurden seine Bewegungen immer schneller und fordernder. Serena hielt ihm ihr Becken entgegen und genoss das Gefühl dem Höhepunkt immer näher zu kommen.

Wenig später fanden sie beide eine Erleichterung, die ihnen zeigte, wie froh sie waren, dass sie zusammen sind.

„Wow! Du wirst mich eines Tages damit umbringen!" scherzte er atemlos, während er Serena zu sich zog und ihren Kopf auf seiner Brust bettete.

„Das hoffe ich doch nicht. Dir fehlt offensichtlich nur das Ausdauertraining. Dabei kann ich dir selbstverständlich helfen."

„Du kleiner Frechdachs! Na warte!" Mit diesen Worten, begann er sie zu kitzeln und sie versuchte seine Hände abzuwehren.

„Gibst du auf?" wollte er von ihr wissen.

„Ja. Ja. Ich gebe auf. Bitte aufhören! Ich kann nicht mehr!" keuchte sie vor lauter lachen.

Plötzlich sah er sie mit einem seltsamen Blick an.

„Was ist?"

„Ich dachte nur gerade daran, wie glücklich ich doch jetzt bin. Am liebsten würde ich den Rest meines Lebens hier mit dir verbringen." Zärtlich strich er ihr übers Gesicht. „Wir werden das schaffen! Stimmt´s?"

„Ja. Wir werden das schaffen!" bestätigte Serena ihm voller Zuversicht und begann ihn zu küssen.

„Nächste Runde?" hauchte er und die Schwimmerin konnte ihm nur noch zunicken, da seine Lippen bereits wieder ihre mit einem leidenschaftlichen Kuss verschlossen.

Kapitel 6:

„Warum denn? Muss das wirklich sein?" maulte Mark zwei Stunden später herum, während Serena sich begann anzuziehen.

„Ja. Wir stehen jetzt auf! Wir haben noch nicht mal ausgepackt und außerdem möchte ich noch ein wenig von Dallas zu sehen bekommen. Wie oft hat man schon die Chance hier zu sein?" blieb Serena hartnäckig.

„Ich werde dir mal ein Wochenende hier bezahlen. Versprochen! Kommst du dann wieder ins Bett?" bettelte er.

„Nein. Tut mir leid. Aufstehen! Sofort!" befahl sie ihm und warf ihm seine Kleidung ins Gesicht.

„Du bist wirklich ein Tyrann, weißt du das?"

„Ja. Und der Tyrann befiehlt dir jetzt, dein Zimmer zu beziehen und die Koffer auszupacken. Anschließend werden wir die Stadt ein wenig erkunden!"

„Jawohl, Miss Parker! Wie Sie wünschen!"

Mit der Situation sichtlich unzufrieden, begann auch er sich anzuziehen.

„Warum lasse ich meine Sachen nicht einfach hier? Ich werde sowieso nicht in meinem Bett schlafen! Da kann ich doch auch gleich meinen Koffer hierlassen!" schlug er nach kurzem Überlegen vor.

„Das geht nicht! Was soll das Zimmerpersonal denn denken? Es darf doch niemand von uns wissen!"

„Aber hier kennt uns niemand. Wir sind allein und völlig frei so zu leben wie wir wollen. Wer soll uns denn an wen verraten?" Versuchte er ihre Bedenken aus dem Weg zu räumen.

„Meinst du wirklich?"

„Ja. Das meine ich! Ich bleibe hier bei dir! In Ordnung? Wenn es dir aber zu viel wird, musst du nur ein Wort sagen. Das letzte was ich will, dass du dich von mir bedrängt fühlst."

Serena dachte einen Moment über seine Worte nach. Ganz unrecht hatte er nicht. Es war in den letzten Tagen sehr viel und sehr schnell passiert. Irgendwie ging alles viel zu rasant und sie wusste nicht ob sie mit dem ganzen Schritt halten konnte. Jedoch wusste sie eines sicher. Sie wollte die Zeit mit ihm genießen, ob es jetzt nur für kurz oder doch für länger dauern würde, war ihr im Moment egal.

„Nein. Du kannst bleiben. Aber trotzdem müssen wir vorsichtig sein. Ich will nicht, dass du deinen Job riskierst oder ich mein Stipendium verliere."

„Keine Angst. Wir schaffen das schon. Wir werden….." In diesem Moment klingelte sein Handy. „Da muss ich kurz rangehen. Es ist Barbara." Erklärte er ihr und ging aus dem Zimmer.

Serena starrte auf die geschlossene Tür. Was machte sie hier eigentlich? „Er ist verheiratet, du dumme Kuh!" flüsterte sie sich leise zu.

Vielleicht hatte Vicky recht und er spielte mit ihr. Immerhin trennten sie 20 Jahre. Was wäre, wenn er sie nur als kleine Ablenkung sah?

Während sie ihren Gedanken nachhing, kam er wieder zurück in ihr Zimmer. „Tut mir leid. Sie wollte sich nur kurz melden und mich darüber informieren, dass sie jetzt ins Flugzeug steigen und nach Hause fliegen. Wo waren wir stehen geblieben?" Mitten im Satz hielt er plötzlich inne. Er sah Serena am Gesichtsausdruck an, dass etwas nicht stimmte. „Was ist los?"

„Spielst du mit mir?" platzte es aus ihr raus.

„Was? Nein! Wie kommst du darauf?" Mit wenigen Schritten stand er bei ihr und nahm sie in die Arme.

„Keine Ahnung. Du bist immerhin verheiratet. So abwegig ist das nicht, oder? Vielleicht hast du ja mit deinen 42 Jahren eine Midlifecrisis. Kann ja auch sein, dass du dich mit einer jüngeren vergnügen möchtest." Erklärte sie ihm ihre Bedenken.

„Serena! Wie kommst du auf diese absurde Idee? Sieh mir in die Augen und sag mir ob ich dich anlüge!" Sie tat um was er sie gebeten hatte und konnte nichts anderes als Liebe sehen.

„Ich würde dich niemals verletzen wollen. Dafür liegt mir viel zu viel an dir. Ich habe mich in dich verliebt, Serena!"

Bei seinen Worten traten der Schwimmerin Tränen in die Augen. Es waren genau diese Worte, die sie hören musste und wollte. Ohne zu zögern viel sie ihm um den Hals und umarmte ihn ganz fest.

„Können wir jetzt auf dem Zimmer bleiben?" versuchte er den Moment passend zu nützen.

Lachend entließ Serena ihn aus der Umarmung. „Nichts da! Wir gehen raus an die frische Luft und schauen uns Dallas an. Außerdem ist es schon nach Mittag. Ich habe Hunger!" Sie warf ihm seine Schuhe zu, damit er sich fertig anziehen konnte.

„Sklaventreiberin." Brummte er, wobei ihm ein Lächeln übers Gesicht huschte.

„Gewöhn dich dran!"

Wenig später gingen sie Hand in Hand durch die Stadt, bis sie ein kleines Restaurant gefunden hatte, in dem sie beide essen wollten.

„Schön hier! Erinnert mich an die kleine Pizzeria bei uns zu Hause!" lächelte Serena verträumt.

„Ja. Die kenne ich auch. Es ist wunderschön dort. Eines Tages, sollten wir dort auch mal essen gehen!"

„Das wird wohl noch etwas dauern. Jetzt müssen wir mal diese drei Monate überstehen. Außerdem gehe ich vielleicht aufs Collage. Darüber mal schon nachgedacht?" Sah sie ihm fragend an, nachdem der Kellner ihre Bestellung aufgenommen hatte.

„Ja. Es wird sicher nicht einfach. Aber ich hoffe doch, dass wir das hinkriegen. Ich würde es mir wünschen. Du könntest ja auf ein Collage gehen, dass in der Nähe ist."

„Bist du verrückt? Ich möchte weg aus Nashville. Weg von meiner Mutter! Du weißt ganz genau wie wichtig mir das ist!" Fuhr Serena ihm ins Wort.

„Es tut mir leid. Natürlich verstehe ich das. Aber du könntest ja trotzdem in der Nähe auf ein Collage gehen und wir suchen uns eine Wohnung in der wir gemeinsam leben könnten, dann wärst du auch weg von deiner Mutter." Schlug Mark vor, nachdem er von seinem Bier getrunken hatte.

Nachdenklich sah die Schwimmerin ihn an. „Jetzt warten wir mal, ob ich überhaupt ein Sportstipendium bekomme."

„Hast du denn einen Plan B?"

„Um ehrlich zu sein: Nein. Ich will alles tun um von dort weg zu kommen." Flüsterte Serena traurig.

„Hey. Nicht traurig sein! Wir schaffen das! Ich werde dir helfen. Ich verspreche, dass du das alles hinter dir lassen kannst!" blieb Mark zuversichtlich.

„Ich danke dir. Für alles. Hättest du mich nicht so gut trainiert, dann wäre ich jetzt nicht da wo ich stehe. Ich hätte niemals die Chance auf ein Stipendium. Danke!"

„Gern geschehen. Für meine Lieblingsschwimmerin habe ich das doch gern getan." Lächelte er sie verliebt an.

Vielleicht hatten sie beide doch noch eine Chance. Serenas Zuversicht wurde immer stärker.

Während des Essens quatschten die beiden über Gott und die Welt.

Serena erzählte ihm vor allem über ihr Interesse der Sportmedizin.

„Das ist eine sehr gute Idee! Das würde dir sicher liegen. Du bist eine sehr gute Schülerin. Das Zeug dazu hast du!" war der Trainer begeistert.

„Ja. Ich denke auch, dass das etwas für mich wäre. Ist zwar noch ein langer Weg bis dahin, aber für die Orthopädie muss man wenigstens

kein komplettes Medizinstudium abschließen."
Erklärte sie ihm.

„Ich finde deine Idee großartig! Das wäre sicher das richtige für dich. Außerdem wäre es perfekt! Ich als Schwimmtrainer und du als Sportmedizinerin in der Orthopädie. Das perfekte Duo!"

„Warte noch, bevor du ein gemeinsames Büro eröffnest! Jetzt muss ich erstmals die Schule gut abschließen und ein Stipendium erhalten!" versuchte sie Mark ein wenig auf den Boden der Tatsachen zurück zu holen.

„Da mache ich mir keine Sorgen! Nicht bei dir! Du wirst alles schaffen, was du dir wünschst!"

„Ach ja? Kannst du jetzt schon in die Zukunft sehen?"

„Sicher! Und bei dir sehe ich eine wundervolle und aufregende Zukunft mit dem Mann deiner Träume an deiner Seite."

„Dem Mann meiner Träume? Und wann wird der in etwa auftauchen?" scherzte sie.

Ohne Worte, sondern mit einem stürmischen Kuss, zeigte er ihr seine Antwort. „Weißt du jetzt wen ich meine?"

„Ach so! Du meintest dich? Na ja. Da müssen wir noch abwarten, wie es sich entwickelt."

„Aber bist jetzt läuft es doch ganz gut! Findest du nicht?"

„Mark! Wir sind erst seit einem Tag ein Paar! Wie soll man da schon etwas sagen können? Wenn wir in einem Jahr immer noch dasselbe sagen, dann läuft es richtig. Außerdem sind wir die meiste Zeit unserer Beziehung im Bett gewesen! Wir hatten noch kaum Alltag zusammen!" wandte Serena ein.

„Aber im Bett bleiben, kann auch ganz aufregend sein!" lächelte er sie verführerisch an.

„Ja, da muss ich dir allerdings recht geben!"

„Das heißt, dass wir jetzt zurück zum Hotel gehen?" Er sah sie hoffnungsvoll an.

„Mr. Porter! Sie sollten sich ein wenig in Geduld üben. Schließlich haben wir kaum etwas von Dallas gesehen. Lass uns noch ein wenig herum schlendern. Es ist so ein herrlicher Frühlingstag!"

„Du bringst mich wirklich noch um. Weißt du das? Aber gut. Wenn du dir das wünscht. Dein Wunsch ist mir Befehl!" Mit diesen Worten kapitulierte er und winkte dem Kellner um zahlen zu können.

Zwei Stunden später betraten die beiden völlig durchnässt das Hotelzimmer.

„Wie schade, dass es zu regnen angefangen hat." Grinste Mark hinterlistig, nachdem sie ihm ein Handtuch zugeworfen hatte.

„Lügner! Dir konnte doch nichts Besseres passieren! Das sehe ich dir in deinem Gesicht an."

„Aber ich bin wirklich enttäuscht!" versuchte er sich zu rechtfertigen, doch Serena glaubte ihm kein Wort, während sie ihre nassen Haare trocken rubbelte.

„Was hältst du eigentlich von einem heißen Bad? Schließlich will ich nicht, dass sich meine Vorzeigeschülerin erkältet!"

„Gern und was machst du währenddessen?" Sie sah ihm ahnungslos ins Gesicht, obwohl sie seine Absichten längst durchschaut hatte.

„Ich? Na ja. Ich dachte wir könnten gemeinsam baden. Mir ist auch ein wenig kühl." Verunsichert über ihre distanzierte Art, wusste er nicht so recht, was er tun sollte. Als Serena sich jedoch langsam ihr T-Shirt auszog und sich aus ihrer Hose schälte ohne ihn aus den Augen zu lassen, war für ihn alles gesagt.

Er begann sich ebenfalls auszuziehen und folgte ihr dann ins Bad.

„DAS nenne ich einen perfekten Tag!" lächelte er erfreut, als er zu Serena wenig später in die Wanne stieg.

„Was genau? Das Spazierengehen oder die Wanne?" lachte Serena verschmitzt.

„Alles zusammen! Auch wenn ich meine Scherze darüber gemacht habe. Ich habe den Tag mit dir sehr genossen. Schade nur, dass wir in Nashville das nicht sofort haben können. Aber die Zeit wird kommen, wo wir auch die normalen Dinge des Alltags tun können." Blieb er optimistisch und zog sie an sich, sodass sie mit ihrem Rücken auf seiner Brust lag.

„Wirst du wirklich die Scheidung einreichen?" fragte Serena plötzlich in die Stille hinein, die eingetreten war.

„Natürlich! Es wurde endlich Zeit. Ich brauchte nur den entscheidenden Anreiz dafür. Bitte glaub mir. Ich spiele nicht mit dir!" Zärtlich begann er ihre Schultern zu massieren. Langsam begann sich die Schwimmerin zu entspannen. Sie wünschte sich so sehr, dass er ihr die Wahrheit sagte.

„Du solltest aufhören, dir so den Kopf zu zerbrechen und stattdessen den Moment genießen! Überleg doch mal, wann waren wir das letzte Mal gemeinsam im Wasser und konnten uns so berühren?" hauchte er ihr ins Ohr und fuhr langsam mit seiner Hand über ihre Brüste hinunter zu ihrer Mitte.

„Noch nie?!?!" antwortete sie ihm keuchend und wölbte sich ihm entgegen.

„Komm für mich! Lass dich fallen!" flüsterte er ihr immer wieder ins Ohr, während er seine Finger in sie gleiten ließ.

„Mark!" stöhnte Serena erregt auf und wandte sich unter seiner Berührung hin und her.

„Schrei! Schrei es heraus, Süße! Komm für mich!" wiederholte er seine Worte, während sie zum

Höhepunkt kam und schreiend über ihm zusammenbrach.

„Wow!" flüsterte sie, nachdem sie sich wieder einigermaßen beruhigt hatte.

„Na? Wie fühlst du dich?" wollte er lächelnd von ihr wissen.

„Ich….Fühle mich…..Als wäre ich gerade explodiert!"

„Das hat man gehört!"

„War ich zu laut? Denkst du die Nachbarn im Nebenzimmer haben was gehört?" wurde Serena verlegen.

„Na und? Und wenn schon? Unterm Strich können sie dich ja nur beneiden. Ist doch egal ob sie dich gehört haben!"

„Du hast leicht reden. Dich hat man ja auch nicht schreien gehört. Aber das kann man ja auch ändern!" Mit einer raschen Bewegung drehte sie sich um und begann ihn auf seiner Brust zu küssen. Sie ließ sich für jede Brust so viel Zeit, wie sie wollte. Als sie das Gefühl hatte, dass Mark etwas nervös wurde, wanderte sie Stück für Stück nach unten, bis sie dort angekommen war, wo sie hinwollte. Zärtlich nahm sie seine Erektion in den Mund und begann in mit ihrer Zunge zu verwöhnen.

„Serena!" stöhnte Mark auf und klammerte sich am Rand der Badewanne fest.

„Ja, Mark?"

„Ich….ich…" Er wusste einfach nicht, was er ihr sagen sollte.

„Wie wäre es, wenn du für mich kommst? Schrei es hinaus!" lächelte sie und wandte sich wieder seinem besten Stück zu.

Nur wenig später war es um ihn geschehen und er verlor die Beherrschung.

Zufrieden mit sich gab sie ihm die Zeit um sich zu beruhigen und lehnte sich wieder an seinem Rücken.

„Wow! Ich… Keine Ahnung, was ich sagen soll!"

„Wie wäre es mit: Danke Serena."

„Danke Serena!"

„Gut. Jetzt sind wir quitt! Dich haben die Nachbarn jetzt sicher auch gehört!" lächelte sie mit vollster Genugtuung.

Auch er lächelte zufrieden und legte seine Arme um sie. Wie glücklich er doch war. Er wollte diese junge Frau nie wieder aus seinem Leben lassen. Komme was wolle.

Den Rest des Tages verbrachten die beiden, ganz nach Marks Geschmack, im Bett und am Abend ließen sie sich etwas vom Zimmerservice liefern.

Kapitel 7:

Am nächsten Morgen wurden die beiden unbarmherzig von einem Wecker aus dem Schlaf gerissen.

„Dreh das ab!" fluchte Mark und warf sich den Kopfpolster über den Kopf.

„Das geht nicht! Wir müssen aufstehen. Wir haben doch heute unser erstes Interview beim Bürgermeister." Insgeheim verfluchte sie den alten Mann, obwohl sie ihn eigentlich wirklich gernhatte.

„Können wir das nicht absagen?"

„Nein, Mark! Das können wir nicht! Außerdem bist du selber schuld! Hättest du mich in der

Nacht in Ruhe gelassen, dann hätten wir beide schlafen können!"

„Was soll ich denn machen? Ich bin auch nur ein Mann und wenn so eine wunderschöne Frau nackt neben einem liegt, dann kann man die Finger nicht von ihr lassen." Grinste er frech unter dem Kopfpolster hervor.

„Idiot! Steh auf!" lachte sie und ging ins Bad.

„Soll ich mitkommen?" rief er ihr hinterher.

„Untersteh dich! wir müssen aufstehen! Ich will vorher noch frühstücken, bevor uns der Wagen abholt. Los! Mach schon!"

„Ja, Miss Parker! Ihr Wunsch ist mein Befehl!"

„Finger weg!" flüsterte sie, als sie aus dem Fahrstuhl in der Lobby ausstiegen.

„Warum denn? Hier kennt uns doch keiner!"

„Und was, wenn doch? Das Hotel, außer unser Zimmer, ist verbotene Zone! Wehe, wenn du mich unsittlich berührst!" warnte sie ihren Freund.

„Unsittlich berührst?" lachte er laut los „Das hat dich heute Nacht aber nicht gestört!"

„Mark! Ich warne dich!"

„Schon gut! Wir tun, wie du es willst! Versprochen!"

Angespannt saß Serena beim Frühstück. Sie hoffte, dass ihr Trainer sich auch wirklich an ihre Regel hielt. Und das tat er.

Anstatt sie ständig anzustarren, versuchte er sich auf die Zeitung zu konzentrieren. Für einen Außenstehenden waren sie definitiv kein Paar.

Sofort begann Serena sich ein wenig zu entspannen.

„Entschuldigen Sie?" unterbrach der Kellner Serenas Gedanken. „Ich soll Ihnen beiden ausrichten, dass der Wagen, der Sie abholen soll, bereits eingetroffen ist."

„Danke sehr! Wir kommen sofort!" lächelte die Schwimmerin in freundlich an.

„Geht's los?" fuhr Mark erschrocken hoch, da er nichts mitbekommen hatte. Offensichtlich hatte er einen spannenden Artikel gefunden.

„Ja. Der Wagen ist schon da!" Nickte Serena zustimmend und stand von ihrem Platz auf.

Instinktiv wollte der Trainer ihre Hand nehmen, doch sie war schneller als er und steckte ihre Hand in die Jackentasche.

„Sorry. Hab nicht nachgedacht." Grinste Mark entschuldigend.

„Ja. Ja. Schon gut. Versuch dich in Zukunft mehr zusammen zu reißen." Warnte sie ihn lächelnd.

„Guten Morgen! Ich freue mich Sie beide zu sehen! Ich hoffe, dass sie es noch nicht bereuen, weil Sie hiergeblieben sind!" begrüßte der Bürgermeister die beiden wenig später in seinem Büro.

„Guten Morgen! Nein uns beiden geht es gut. Wir möchten uns nochmal für alles bedanken!" Gab Mark ihm zur Begrüßung die Hand.

„Ach, nicht der Rede wert! Schließlich helfen Sie mir ja auch. Sind Sie bereit für Ihren ersten Termin heute? Der Reporter wartet bereits draußen!"

„Ja. Es kann losgehen!" lächelte Serena ihn freundlich an.

In den nächsten drei Stunden saßen die beiden mit mehreren Reportern zusammen und gaben ein Interview nach dem anderen.

Kurz nach 13Uhr verabschiedeten sie den letzten Reporter.

„Ich danke Ihnen beiden! Von ganzem Herzen! Und dass sie mich hin und wieder lobend erwähnt haben, wäre wirklich nicht nötig gewesen. Aber trotzdem danke dafür!" lächelte der Mr. Whiteman verlegen.

„Das war doch selbstverständlich! Immerhin zahlen Sie unseren kompletten Aufenthalt!" wehrte Mark ab.

„Danke trotzdem. Für heute denke haben Sie beide bereits genug. Ich freu mich, dass wir uns morgen wiedersehen werden. Heute schaffe ich es leider nicht, aber vielleicht kann ich sie morgen zu einem Mittagessen einladen, wenn es Ihnen recht wäre?"

„Gerne! Wir freuen uns darauf!" nahm Serena für sie beide die Einladung an.

„Gut. Ich freue mich auch! Wir sehen uns dann morgen um dieselbe Zeit wie heute! Der Wagen wartet bereits unten auf Sie beide. Er bringt Sie dorthin wo immer Sie möchten! Ich wünsche Ihnen beiden noch einen schönen Tag!"

„Das wünschen wir Ihnen auch. Bis morgen!" Mit diesen Worten schüttelten die beiden dem alten Mann die Hand und verließen das Büro.

„Gott sei Dank! Endlich vorbei für heute!" stöhnte Mark, während er sich auf die Rückbank des Wagens fallen ließ.

„So schlimm war es auch wieder nicht. Außerdem mag ich Mr. Whiteman. Für ihn mache ich das gern. Ich könnte mir sogar vorstellen hier aufs Collage zu gehen." Überlegte Serena laut.

„Dallas? Weißt du wie weit das von Nashville weg ist?" war Mark entsetzt.

„Keine Panik. Es war nur so ein Gedanke!"

„Wo soll es hingehen?" unterbrach der Chauffeur ihr Gespräch.

„Zum Hotel."

„Zum nächsten Restaurant!" antworteten die beiden ihm gleichzeitig.

Lachend und ein wenig resigniert meine Mark schließlich: „Wenn Sie in der Nähe ein nettes

Restaurant wissen, dann könnten Sie uns dort absetzen.“

„Dankeschön!“ Sah Serena ihm fröhlich ins Gesicht.

„Kein Problem. Irgendwann müssen wir ja ins Hotel zurück und dann gehörst du mir!“ flüsterte er ihr ins Ohr, sodass der Fahrer nichts hören konnte.

„Gerne. Den Deal gehe ich ein!“

Auch die nächsten Tage verliefen für die beiden nicht anders. Den ganzen Vormittag verbrachten sie mit Reporten und den restlichen Nachmittag hatten sie für sich. Wobei sich bei den beiden bereits eine Routine eingeschlichen hatte. Der Tag gehörte Serena und die Nacht gehörte Mark. Wobei die Schwimmerin sich nicht sonderlich beschwerte über sein Unterhaltungsprogramm.

„Heute ist unser letzter Abend! Morgen fliegen wir wieder in unsere Realität. Irgendwelche Wünsche?“ wollte Mark Samstag nachmittags wissen.

„Keine Ahnung. Überrasch mich!" meinte Serena, während die beiden durch die Straßen schlenderten.

„Hast du keine Wünsche, die ich dir noch erfüllen kann?" bohrte er weiter.

„Nein. Eigentlich nicht. Solange ich bei dir sein kann, bin ich schon zufrieden."

„In Ordnung. Dann würde ich uns gerne Pizza bestellen und am Zimmer bleiben. Immerhin waren wir den letzten Tagen ständig unterwegs." Schlug der Trainer vor.

„Gern. Hört sich wirklich gut an!" freute sie sich und hackte sich bei ihm unter, während sie zum Hotel schlenderten.

Wie besprochen verbrachten die beiden einen ruhigen Abend vorm Fernseher und einer Pizza im Bett. Wobei sie gegen Ende des Films nicht mehr viel vom Film mitbekamen, da Mark die Finger nicht von ihr lassen konnten.

„Gute Nacht!" murmelte Serena spät in der Nacht.

„Schlaf gut!" antwortete er ihr lächelnd und zog sie an sich, so wie er es die letzten Tage auch getan hatte.

„Mark?"

„Ja, Liebes?"

„Das war eine schöne Zeit hier in Dallas! Findest du nicht auch?"

„Ja. Das war es. Aber es war nicht unsere letzte schöne Zeit, da kommen noch viele mehr!" versprach er ihr.

„Aber bis dahin wird es noch ein harter und steiniger Weg." Wandte sie etwas traurig ein.

„Wahrscheinlich. Aber das werden wir schon meistern. Ich glaube daran. Das musst du auch tun!" bat er sie und drückte sie noch fester.

„Mach ich." Gähnte sie müde und war in wenigen Sekunden in seinen Armen eingeschlafen.

Eine Weile lag Mark noch wach. Er hörte Serena beim Atmen zu und genoss es, sie in seinen Armen zu halten. Er wollte alles dafür tun, damit sie bei ihm blieb.

Die erste Hürde würde es sein, die Scheidung einzureichen. Natürlich war seine Ehe bereits vorbei, trotzdem würde es Barbara treffen. Das wusste er. Aber dieser Schritt blieb ihm leider nicht erspart, wenn er ein Leben mit Serena anfangen wollte.

Schließlich fielen auch ihm die Augen zu und die beiden verbrachten ihre vorläufig letzte Nacht zusammen Arm in Arm.

Kapitel 8:

„Guten Morgen." Hauchte Mark ihr am nächsten Morgen ins Ohr, während seine Erektion sich bereits gegen ihren Hintern drückte.

Langsam wurde Serena wach und wusste zuerst nicht wo sie war, doch als Marks Hand sie im Schritt zu massieren begann, wurde sie schlagartig munter.

Als er sich sicher sein konnte, dass seine Freundin wach war, drang er langsam von hinten in sie ein. Stöhnend hielt sie ihm ihren Hintern entgegen und forderte ihn auf sie wild zu reiten. Was er nur zu gerne tat.

Nachdem sie beide einen erfüllenden Höhepunkt erlangt hatten, drehte sich Serena lachend zu ihm um. „Dir auch einen guten Morgen!"

„Können wir nicht einfach hierbleiben!" seufzte Mark genervt.

„Das geht leider nicht und das weißt du." Nach einem kurzen Blick auf die Uhr wusste die Schwimmerin auch, dass sie bald aufstehen mussten.

„Wir müssen wieder in die Realität. Das wird uns nicht erspart bleiben." Seufzte sie und stand ohne große Eile aus dem Bett auf.

„Könntest du dich ganz langsam anziehen? Ich würde mir gern diese Bilder in meinem Kopf speichern. Damit ich die nächste Zeit überlebe!" bat er sie verführerisch.

Liebend gern tat sie ihm den Gefallen. So langsam sie konnte, zog sie sich ein Kleidungsstück nach dem anderen an.

„Reichen die Bilder?"

„Na ja. Jetzt wo du es sagst. Könntest du dich nochmal ausziehen? Das wäre sicher hilfreich!"

„Na klar, Mark. Wir wissen beide, wenn ich das mache, kommen wir zu spät zum Flughafen! Also: Nein. Tut mir leid. Diese Bilder müssen reichen." Lachte sie und ging ins Bad.

Wenig später standen die beiden in der Lobby und warteten auf den Wagen, der sie zum Flughafen bringen sollte.

„Ich soll Mr. Whiteman entschuldigen. Er hat heute Morgen angerufen und sich entschuldigt. Seine Enkelin ist krank und deswegen kann er sich nicht mehr von Ihnen beiden verabschieden." Berichtete die Rezeptionistin.

„Danke. Ich hoffe, es ist nichts Ernstes!" machte sich Serena sofort ein wenig Sorgen.

„Das kann ich leider nicht sagen. Ich soll Sie nur schön grüßen lassen. Mehr hat er mir leider nicht gesagt."

„Danke trotzdem."

„Keine Angst. Es wird schon nichts Schlimmes sein." Versuchte er Serena etwas zu beruhigen.

„Ja. Du hast wahrscheinlich recht. Es ist nur so, dass ich den Mann wirklich gut leiden kann. Ich hätte ihm gerne noch auf Wiedersehen gesagt.

Aber wie heißt es so schön? Man sieht sich immer zweimal im Leben!" blieb Serena optimistisch und stieg in den Wagen ein.

Ein paar Stunden später landete ihr Flieger in Nashville. Eine bedrückende Stimmung legte sich über die beiden. Sie wussten, dass sie jetzt wieder in der Realität angekommen waren. Ab jetzt mussten sie sehr vorsichtig sein. Zumindest solange sie noch seine Schülerin war.

„Soll ich dich nach Hause fahren?" wollte Mark wissen, als er ihr Gepäck vom Gepäckband nahm.

„Besser nicht. Es soll uns ja niemand sehen. Außerdem weiß ich nicht, in welchem Zustand meine Mutter ist. Ich möchte nicht, dass du das sehen musst. Dass du es weißt, ist schon schlimm genug." Lächelte sie schwach und nahm ihm ihren Koffer ab.

„Serena! Wenn du irgendetwas brauchst, dann sag mir Bescheid. Ich bin immer für dich da. Egal was die Regeln und Gesetze sagen. Ruf mich an, wenn du mich brauchst." Mit einer entschlossenen Fürsorglichkeit strich er ihr zärtlich übers Gesicht.

„Nicht. Lass das! Es könnte uns jemand sehen!"
flehte sie ihn an und er zog sofort seine Hand
von ihr weg.

„Tut mir leid. Ich bin es wohl schon gewöhnt,
dich berühren zu können, wann immer ich es
will. Ich werde mich schon wieder daran
gewöhnen, dass es jetzt wieder anders ist. Keine
Panik."

„Mark. Sei mir bitte nicht böse. Aber du weißt,
dass wir jetzt wirklich vorsichtig sein müssen. Wir
stehen so knapp vorm Ziel. Lass es uns nicht
gefährden! Bitte!" bat sie ihn traurig.

Frustriert fuhr er sich durch seine braunen
Haare. „Ich hasse das! Ich würde dich jetzt so
gern in die Arme nehmen und dir sagen, dass
alles gut werden wird!"

„Das brauchst du nicht! Ich sehe es in deinen
Augen und das reicht mir völlig. Wir sollten uns
jetzt trennen. Jeder geht zu sich nach Hause.
Morgen sehen wir uns ja sowieso wieder. In der
Schule." Lächelte sie schwach.

„Ja. Wir sehen uns morgen. Aber wir können
heute noch telefonieren, wenn du willst."

„Mal sehen. Ich ruf dich an, wenn ich weiß, dass alles in Ordnung zu Hause ist." Stimmte Serena ihm zu und schnappte sich ihre beiden Koffer und ließ Mark stehen.

Sie konnte nicht länger bei ihm stehen bleiben. Der Abschied war zu schwer für sie. Natürlich wusste sie, dass es nicht für die Ewigkeit war. Aber es tat trotzdem weh.

Kapitel 9:

Eine halbe Stunde später stand Serena vor ihrer Eingangstür und zögerte sie aufzumachen.

„Na, Fremde? Brauchst du vielleicht Unterstützung?" Hörte Sie Vicky´s Stimme hinter sich.

„Vicky!" freute sich Serena ihre Freundin wieder zu sehen und fiel ihr um den Hals.

„Na wie war es?" wollte diese sofort wissen.

„Nicht hier draußen. Lass uns reingehen." Bat die Schwimmerin und sperrte die Tür auf.

Ein beißender Gestank trat den beiden Freundinnen in die Nase.

„Was zum Teufel…?" panisch rannte Serena ins Wohnzimmer, wo sich ihre Mutter die meiste Zeit aufhielt.

Als Vicky hinter ihr herkam, rannte sie beinahe in die plötzlich stehengebliebene Freundin hinein.

„Was ist los? Was ist passiert?" Doch Vicky musste nur auf die Couch sehen um zu erkennen, was los war.

„Oh mein Gott! Wir müssen sofort den Notruf wählen!" mit schnellen Bewegungen hatte sie ihr Handy in der Hand und wählte die Nummer der Rettung.

Währenddessen starrte Serena auf den leblosen Körper ihrer Mutter, die in ihrem eigenen Erbrochenen lag und offensichtlich nicht mehr atmete, da ihr Augen sie leblos anstarrten.

Serena brauchte keine Rettung. Sie wusste was los war.

Langsam sank sie auf ihre Knie. Es war vorbei. Dieses Elend hatte nun endlich ein Ende. Ihr Mutter hatte endlich erreicht, was sie die ganze Zeit gewollt hatte. Sie hatte ihr Leben mit dem Alkohol beendet.

„Serena? Die Rettung ist unterwegs." Informierte Vicky ihre Freundin und kniete sich neben sie nieder. „Komm. Lass uns nach draußen gehen. Es ist nicht gut für dich, wenn du hierbleibst."

Wie unter Trance ließ sich Serena von Vicky nach draußen ziehen. Bevor sie noch reagieren konnte, riss sich Serena los und stürzte sich über die Mülltonne um sich zu übergeben.

„Alles in Ordnung? Brauchst du etwas?" wollte die Freundin wissen,

während sie ihr die Haare aus dem Gesicht hielt, während sich Serena übergab.

Kopfschüttelnd wehrte Serena ab. „Du solltest jetzt gehen. Du musst dir das nicht antun." Keuchte die Schwimmerin.

„Bist du verrückt. Ich lasse dich doch jetzt nicht allein!" blieb Vicky stur.

Während der nächsten Stunde war Serena sehr froh darüber, dass ihre Freundin sich nicht abschütteln hatte lassen. Alleine hätte sie das wohl nicht gut überstanden.

„Komm schon! Du schläfst heute Nacht bei mir. Ich lass dich in diesem Zustand doch nicht alleine in diesem Haus." Blieb Vicky hartnäckig und schnappte sich die beiden Koffer mit denen Serena nach Hause gekommen war.

„Warte! Da sind kaum noch saubere Sachen drin. Ich muss noch etwas mitnehmen."

Serena fühlte sich wie in einem dichten Nebel. Wie automatisiert ging sie in ihr Zimmer und öffnete den Kleiderkasten. Ohne darüber nachzudenken, warf sie ein paar Klamotten in einen großen Sack und ging dann wieder zu ihrer Freundin.

„Können wir?" sah diese sie fragend an.

Ohne Worte und nur mit dem Kopf nickend folgte Serena ihr nach draußen. Sie hatte noch keine einzige Träne vergossen. Warum nur?

Erst als sie die Tür abschloss und durch den Vorgarten ging, bekam sie plötzlich keine Luft mehr und die Tränen begannen zu fließen.

Vicky nahm ihre Freundin sofort in den Arm und so standen die beiden eine ganze Weile im Vorgarten. Erst als Serena sich beruhigt hatte, stiegen sie in Vickys Auto und fuhren zu ihr nach Hause.

Die Eltern ihrer besten Freundin nahmen sie wortlos in die Arme und brachten sie und ihre Sachen ins Gästezimmer um ihr ein wenig Ruhe zu gönnen.

Serena kannte diesen Raum nur allzu gut. Eigentlich war es schon fast ihr Zimmer, sooft sie hier geschlafen hatte. Meistens war ihre Mutter dann wieder einmal auf Sauftour oder sie lag komatös auf der Couch und bewegte sich keinen Millimeter.

Mark. Wie gern läge sie jetzt in seinen Armen. Aber das ging nicht.

Sie war nun völlig allein. Allein mit dem Schuldgefühl, dass es ihr nicht leidtat, dass ihre Mutter gestorben war. Für andere musste das herzlos aussehen, doch sie konnte nicht anders. Diese Frau war nie eine Mutter für sie gewesen. Es war lediglich die Frau, die sie geboren hatte. Mehr nicht.

Völlig erschöpft legte sich Serena aufs Bett und schloss die Augen. Sie versuchte an die schöne Zeit in Dallas zu denken, nur damit die schlechten Gedanken wegblieben.

Nach einiger Zeit bekam sie mit, dass Vicky ihr eine Decke über den Körper legte. Dankbar lächelte sie ihre Freundin kurz an und schlief weiter.

Als sie am nächsten Morgen aufwachte, wünschte sie sich, dass sie noch immer in Dallas war. Mark würde sicher gleich wieder neben ihr liegen und sie in seinen Armen halten.
Doch leider war die Realität eine andere.
Die Realität war, dass sie hier völlig alleine war. Ihre Mutter war gestorben und sie hatte keine Träne mehr für diese Frau über.

Leise klopfte es an die Tür.
„Ja?" flüsterte Serena.
„Kann ich reinkommen?" hörte sie Mrs. Cooper fragen.
„Ja. Komm rein."
Mit besorgter Miene ging Vickys Mutter zu Serena ans Bett.
„Wie geht es dir? Brauchst du etwas?" wollte sie wissen.
„Nein danke. Ich bin nur müde. Wo ist Vicky?"

„Die ist schon zur Schule gegangen. Sie wird dich dort entschuldigen. Obwohl ich die Direktorin bereits verständigt habe. Kann ich etwas für dich tun?"

„Keine Ahnung. Ich fühle mich so leer." Schluchzte Serena.

„Ich weiß mein Kind. Es ist sicher nicht leicht für dich. Aber ich verspreche dir, dass du nicht alleine bist. Wir werden alle für dich da sein. Versprochen. Du musst das nicht alleine durchstehen. Außerdem wirst du jetzt mal eine Weile bei uns bleiben. Ich lasse dich auf gar keinen Fall allein in dieses kalte und leere Haus zurück gehen. Und zuallererst mache ich dir mal ein Frühstück! Hast du auf irgendetwas einen Hunger?"

Kopfschüttelnd beantwortete Serena ihre Frage. Sie war Vickys Mutter so dankbar. Wenn sie jemals eine Mutter gehabt hatte, dann war Mrs. Cooper für sie so etwas wie eine Mutter.

Bevor die Frau das Zimmer wieder verließ, flüsterte Serena: „Danke."

Sie konnte es nicht mehr sehen, aber Diana Cooper verließ mit Tränen in den Augen den

Raum. Das hatte dieses Mädchen nicht verdient. So ein schreckliches Leben hatte niemand verdient. Serena war für sie wie eine eigene Tochter und sie würde sie auf gar keinen Fall im Stich lassen. Die nächste Zeit würde hart genug werden und dass sollte sie nicht alleine durchmachen.

Nachdem Serena etwas gegessen hatte, drehte sie ihr Handy ab und verschlief den restlichen Tag. Im Schlaf musste sie wenigstens nicht über die Realität nachdenken.

Am frühen Nachmittag kam Vicky von der Schule zurück und ihr erster Weg führte sie zu Serena.

„Hey, Süße. Wie geht es dir?" wollte sie besorgt wissen.

„Keine Ahnung. Beschissen denke ich. Wie war es heute in der Schule?" Serena konnte ein wenig Ablenkung gebrauchen.

„Sie haben extra für dich ein dickes, fettes Plakat aufgehängt, weil sie dir zu deinem Sieg gratulieren wollten. Sie lassen es hängen, bis du wieder in die Schule kommst. Sieh mal!" Vicky zeigte ihrer Freundin ein Foto von dem Plakat über dem Eingang.

„Das ist aber lieb von ihnen. Sag ihnen allen morgen, ein großes Dankeschön von mir. Ich komme sobald wie möglich wieder zur Schule. Ich muss nur jetzt wohl einiges erledigen." Lächelte Serena schwach.

„Interessiert es dich eigentlich, wen ich aller heute in der Schule gesehen habe?"

„Was meinst du?"

„Na ja. Ich habe heute Mr. Porter getroffen. Er wollte von mir besorgt wissen, wie es dir geht."

„Was hast du gesagt?"

„Was meinst du? Was soll ich gesagt haben? Dass es dir scheiße geht, natürlich! Warum soll ich deinen Freund anlügen? Außerdem hätte er mich nicht eher gehen lassen, bis ich ihm alles erzählt habe."

Serena musste plötzlich über diese Worte grinsen. Mark machte sich offensichtlich große Sorgen um sie. Das war wohl auch ein Zeichen, dass ihm etwas an ihr lag.

„Kann es sein, dass du dein Handy abgeschaltet hast? Er meinte, er hätte schon ein paar Mal versucht dich anzurufen. Du solltest es wohl wieder anschalten, sonst steht er noch vor unserer Tür. Aber dann erklärst du Mama, warum unser Lehrer voller Panik dasteht." Grinste Vicky und ließ ihre Freundin allein, die bereits dabei war ihr Handy einzuschalten.

Tatsächlich! Mark hatte sie 23 mal versucht anzurufen. Außerdem hatte ihre unzähligen Nachrichten geschickt, in denen er immer wieder fragte, wie es ihr ginge und wo sie war.
Schnell rief sie ihn zurück. Sie freute sich darauf seine Stimme zu hören.
Doch statt ihm ging Mrs. Porter an das Telefon.
„Hallo?"
Serena hatte keine Ahnung was sie sagen sollte, also legte sie sofort wieder auf. Obwohl es natürlich Schwachsinn war, da ja ihr Name auf Marks Handy aufscheinen musste. Schnell tippte sie eine Nachricht: „Habe mich verwählt. Entschuldigung!" Danach schaltete sie ihr Handy aus und legte sich heulend wieder aufs Bett.
Ein paar Minuten später lag plötzlich Vicky neben ihr im Bett und hielt sie fest im Arm. Natürlich

war sie nicht Mark, aber die Umarmung tat ihr gut. „Danke!" schluchzte Serena.

„Psst. Kein Wort jetzt!" wehrte ihre Freundin ab.

Serena war ihr so dankbar. Sie wollte im Moment sowieso nicht sprechen. Mit niemandem. Sie fühlte sich einfach nur allein. Ihr fehlte Mark. Doch der war zu Hause bei seiner Frau. Schließlich war er ja auch verheiratet.

Was sollte sie jetzt nur tun? Wie sollte es jetzt weitergehen?

Sie musste sich um die Beerdigung kümmern und um das Haus. Aber sie hatte im Moment keine Kraft dafür.

„Serena? Darf ich dich kurz stören? Dass ist Doktor Stevens. Er wird dir jetzt etwas gegen deine Unruhe geben. Das wird dir helfen, dich ein wenig zu beruhigen." Hörte sie Vickys Mutter wie durch einen Schleier sagen.

Ohne Wiederworte ließ Serena alles über sich ergehen, bis sie schließlich in einen traumlosen Schlaf fiel.

Kapitel 10:

Am nächsten Morgen wurde sie von den ersten Sonnenstrahlen geweckt. Es war noch sehr früh und niemand im Haus war noch wach.

Da sie großen Durst hatte, stand Serena auf und ging hinunter in die Küche um sich ein Glas Wasser zu holen.

Während sie das Glas gierig austrank sah sie aus dem Fenster. Erstarrt blickte sie auf die gegenüberliegende Straßenseite. War das Marks Auto?

Erst als sie aus dem Haus trat und näherkam, konnte sie auch ihn erkennen. Er schien im Auto zu schlafen.

Vorsichtig klopfte sie an seine Fensterscheibe. Erschrocken fuhr er hoch und blickte sich verwirrt um. Erst als er Serena neben seinem Auto stehen sah, sprang er sofort aus dem Wagen und schloss sie in seine Arme.

„Es tut mir so leid! Alles! Das mit deiner Mutter und dass ich nicht für dich da sein konnte und dann hebt auch noch Barbara mein Handy ab. Es tut mir so leid! Ich wollte für dich da sein, aber…."

„Schon gut. Wir wussten ja, dass es schwierig werden würde." Versuchte sie ihn erschöpft zu beruhigen.

„Aber ich sollte bei dir sein! Mich um dich kümmern!" Mark war offensichtlich völlig verzweifelt.

„Hast du eigentlich hier geschlafen?" wollte Serena wissen und deutete auf das Auto.

„Na ja. Zuerst bin ich rumgefahren und hab überlegt, was ich tun soll. Dann bin ich zu dir nach Hause, obwohl mir klar war, dass du nicht zu Hause sein würdest. Schließlich bin ich hierhergefahren, weil mir noch eingefallen ist, dass Vicky erwähnt hatte, dass du vorübergehend bei ihnen wohnen wirst. Als ich dann hier war, hatte ich keine Ahnung was ich tun sollte. Irgendwann bin ich dann eingeschlafen."

„Du bist süß! Weißt du das?" lächelte Serena und gab ihm einen schnellen Kuss. Danach machte sie einen Schritt von ihm weg. „Du solltest aber fahren, bevor dich hier noch jemand sieht. Ich verspreche dir mein Handy jetzt einzuschalten.

Ich werde wieder erreichbar sein!" versprach sie ihm.

„Ich würde dich gerne küssen." Flüsterte er.

„Ich weiß. Aber es geht nicht. Wir telefonieren, in Ordnung?"

„In Ordnung! Ruf mich an, wenn du was brauchst!" befahl er ihr noch, bevor er ins Auto stieg.

„Jawohl, Mr. Porter!" grinste Serena und ging zurück ins Haus.

„Du hast Glück, dass meine Eltern noch schlafen. Wenn sie euch beide gesehen hätten, dann wäre die Kacke am Dampfen gewesen." Hörte sie Vicky hinter sich, die es sich auf der Treppe gemütlich gemacht hatte um auf ihre Freundin zu warten.

„Mein Gott, hast du mich erschrocken!" Dabei deutete sie einen Herzinfarkt an.

„Haha. Sehr witzig. Offensichtlich hat dir der Besuch aber gutgetan. Also will ich mal nicht so sein. Ist dir eigentlich klar, dass du mir noch die Erzählung eurer Liebesgeschichte in Dallas schuldig bist?" Vicky sah sie sauer an, obwohl sie es nicht war.

„Schuldig im Sinne der Anklage! Hättest du jetzt Zeit?" Hob Serena entschuldigend die Hände in die Höhe.

„Ich bitte darum! Ich habe schon gedacht, dass ich es nie erfahren werde! Komm! Lass uns in dein Zimmer gehen und dann erzählst du mir jedes einzelne Detail!"verlangte Vicky streng.

„Ach ist das romantisch!" seufzte Vicky eine halbe Stunde später. Die beiden hatten es sich auf Serenas Bett gemütlich gemacht und diese hatte ihrer Freundin die ganze Geschichte erzählt.

„Und wie wird es jetzt weitergehen?" war Vicky neugierig.

„Keine Ahnung. Das einzige, das ich weiß ist, dass wir uns ruhig verhalten müssen, solange ich seine Schülerin bin. Da ich aber in drei Monaten die Schule beenden werden, wird das Versteckspiel hoffentlich bald ein Ende haben." Erklärte Serena hoffnungsvoll.

„Und was ist mit seiner Frau?"

„Er hat beschlossen die Scheidung einzureichen. Keine Ahnung, ob er es bereits getan hat. Aber ich vertraue ihm. Ich denke, dass er es wirklich tun wird."

„Ich wünsche es dir von ganzem Herzen! Er scheint dir gut zu tun. Immerhin siehst du seit eurer Begegnung viel besser aus. Nicht mehr dieses kalkweiße Gespenst von vorhin." Meinte Vicky zufrieden.

„Ach komm schon. So schlimm war es nicht!"

„Hast du eine Ahnung! Du hast dich ja selbst nicht gesehen!"

Bevor Serena jedoch etwas erwidern konnte, klopfte es an der Tür.

„Na ihr zwei? Wie ich sehe, geht es dir bereits etwas besser!" freute sich Mrs. Cooper. „Vicky! Du solltest dich für die Schule fertig machen"

„Ja. Ich geh ja schon!" murrte diese und verließ den Raum.

„Wie geht es dir heute?" wandte sich die Mutter an Serena.

„Danke. Besser."

„Gut. Ich würde mich mit dir gerne unterhalten. Wir müssen uns um die Beerdigung kümmern. Das kann ich dir leider nicht abnehmen."

„Ich weiß. Würdest du mir helfen?" wollte Serena etwas verzweifelt wissen.

„Aber sicher doch! Ich lasse dich dabei nicht allein. Am besten gehst du jetzt mal duschen. Danach werden wir frühstücken und uns über die notwendigen Dinge unterhalten!" schlug Mrs. Cooper vor.

„Mach ich. Danke, Diana!"

„Gern, mein Schatz! Wir machen das schon!" blieb diese zuversichtlich und ließ Serena allein.

Wenig später, als Vicky zur Schule gegangen war, saßen Serena und Diana beim Frühstückstisch und unterhielten sich über die Beerdigung. Innerhalb weniger Stunden hatten sie soweit alles per Telefon geregelt. In zwei Tagen würde die Beerdigung stattfinden.

„Danke für alles!" atmete Serena ermüdet aus.

„Gern geschehen!"

„Könntest du mir noch einen Gefallen tun? Würdest du mit mir nach Hause fahren? Ich würde gerne anfangen, dass Haus ein wenig auf- und auszuräumen. Außerdem habe ich mein Auto noch dort. Und ein paar Klamotten mehr würden auch nicht schaden." Bat die Schwimmerin Mrs. Cooper.

„Natürlich komme ich mit! Ich habe mir für die restliche Woche frei genommen, damit ich dir helfen kann. Das musst du nicht alles allein machen! Am besten wir starten gleich los. Sollen wir?"

„Ja, danke!" seufzte Serena etwas ängstlich. Sie war gespannt, wie es ihr heute ging, wenn sie ihr Haus wieder betreten würde.

Eine Viertelstunde später standen die beiden vor dem Haus und Mrs. Cooper nahm Serena bei der Hand, während sie zur Eingangstür gingen.

„Kopf hoch! Du schaffst das!"

Dankbar lächelte Serena sie an und schloss die Tür auf.

Ein entsetzlicher Geruch kam den beiden Frauen entgegen.

„Wir sollten einmal durchlüften!" meinte Vickys Mutter und begann alle Fenster zu öffnen.

Hand in Hand begannen die beiden sich auf die Arbeit zu stürzen. Ohne viele Worte arbeiteten sie sich durch den Müll, den Serenas Mutter verursacht hatte. Am Anfang war es der Tochter ein wenig peinlich, doch Diana ließ sich von nichts abhalten und half wo sie nur konnte.

Ein paar Stunden später standen die beiden im Wohnzimmer und betrachteten ihr Werk.

„Ich finde, wir haben das ganz gut hingekriegt. Immerhin kann man jetzt hier wieder wohnen. Trotzdem solltest du dir überlegen, ob du die eine oder andere Einrichtung mal erneuerst!" Dabei deutete Mrs. Cooper auf die alte und sehr kaputte Couch.

„Ja. Das Ding ist das erste, das aus dem Haus kommt! Es erinnert mich an die schlimmen Dinge und das muss ja nicht sein." Stimmte Serene ihr zu.

„Dann lass uns shoppen gehen! Außerdem müssen wir auch mal was essen. Was hältst du davon?"

„Gute Idee!" lächelte sie schwach.

Am Abend fiel Serena völlig erschöpft ins Bett. Es war ein sehr anstrengender Tag, aber sie hatten sehr viel geschafft. Außerdem war sie Mrs.

Cooper sehr dankbar. Alleine hätte sie das sicher nicht gepackt.

Das Klingeln ihres Handy's riss sie aus ihren Gedanken. Als sie auf ihr Display sah begann sie sofort zu strahlen, da sie Marks Namen darauf erkannte.

„Hallo du!" hob sie erfreut ab.

„Hey! Wie geht es dir?"

„Ganz gut. Heute war ein anstrengender Tag!" Mit wenigen Worten berichtete sie ihm, was sie alles mit Vickys Mutter geschafft hatte.

„Toll. Das wird dir gutgetan haben. Damit kannst du auch ein wenig mit deiner Vergangenheit abschließen. Das Aufräumen symbolisiert einen Start ins neue Leben!" freute Mark sich für sie.

„Ja. Ich denke auch, dass es gut war."

„Ich vermisse dich!" platzte es aus ihm heraus.

„Ich dich auch!"

„Können wir uns irgendwie treffen? Ich möchte dich so gerne in die Arme nehmen!"

Serena überlegte kurz einen Moment bis sie weitersprach. „Wie wäre es mit morgen? Wir könnten uns beim See treffen. Zu dieser Jahreszeit wird noch niemand dort sein."

„Gern! Ich habe bis 15 Uhr Unterricht. Danach könnten wir uns dort treffen.“

„Ja. Das machen wir. Ich freue mich!“ lächelte sie glücklich.

„Ich mich auch. Dann bis morgen! Und schlaf gut!“

„Du auch!“

Mit einem dicken Grinsen im Gesicht, lag sie nun im Bett und konnte den morgigen Tag kaum erwarten.

Kapitel 11:

Nach einer schlaflosen Nacht und einem Vormittag, der nie zu enden schien, fuhr Serena endlich zum See. Erleichtert stellte sie fest, dass keine Menschenseele weit und breit war. Somit konnten Mark und sie sich ungestört unterhalten.

Ein paar Minuten später hörte sie ein Auto, das immer näherkam. Kurz darauf stand Mark aus und rannte sofort auf sie zu um sie in seine Arme zu nehmen und sie zu küssen.

„Ich habe dich so vermisst!" flüsterte er erleichtert. Froh, dass er sie wieder in seinen Armen halten konnte.

„Ich dich auch!" lächelte sie und gab ihm erneut einen Kuss.

„Komm! Lass uns dort auf die Bank setzen und dann erzählst du mir wie es dir wirklich geht."

Die beiden gingen zu einer Bank, die ein wenig versteckt lag, sodass sie sicher sein konnte, dass sie niemand sah. Da das Wetter aber an diesem Tag nicht besonders schön war, konnten sie beruhigt sein, dass sie niemand erwischte.

„Also, wie geht es dir?" wollte er wissen und legte den Arm um sie.

„Ganz gut schätze ich. Einerseits bin ich sehr traurig. Aber andererseits auch erleichtert, dass das alles jetzt ein Ende hat. Ich denke, dass ich es erst morgen nach der Beerdigung so richtig realisieren werden." Vermutete Serena.

„Soll ich morgen kommen? Ich würde dich gerne unterstützen." Bot Mark ihr an.

„Das ist lieb von dir. Aber wie sollen wir das erklären? Lass mich das morgen alleine überstehen. Außerdem bin ich ja nicht allein.

Vicky ist bei mir. Wenn du willst können wir uns morgen bei mir zu Hause treffen. Nachdem Diana und ich alles aufgeräumt haben, sieht es ganz wohnlich aus. Ich habe sogar eine neue Couch gekauft!" schlug sie vor.

„Bist du dir sicher? Ich würde dir bei der Beerdigung gerne beistehen!" versuchte er es noch einmal.

„Mark! Du weißt, dass es nicht geht. Ich mach das schon. Ich bin ja nicht allein. Aber es würde mir schon sehr helfen, wenn ich wüsste, dass ich dich am Abend wiedersehen werde."

„In Ordnung. Dann machen wir das so."

Wortlos saßen die beiden engumschlungen auf der Bank und blickten auf den See. Serena war in diesem Moment sehr glücklich und sie wünschte sich, dass das nie vergehen würde. Gerade in dieser Situation merkte sie, wie wichtig ihr Mark geworden war.

Es war schon eigenartig, wie das alles in den letzten Tagen so gekommen war und was so alles passiert war.

„Mark?"

„Ja?"

„Ich liebe dich." platzte es aus ihr heraus.

Erfreut darüber lächelte er sie verliebt an. „Und ich liebe dich!"

Seine Worte besiegelte er mit einem zärtlichen Kuss, den er aber sofort wieder beendete. Serena wollte ihn sofort wieder küssen, doch er hielt sie zurück. „Warte einen Moment! Ich muss dir ja auch noch was erzählen!"

Erwartungsvoll sah Serena ihn an.

„Ich hatte gestern ein langes Gespräch mit Barbara. Wir haben uns dazu entschlossen, endlich die Scheidung einzureichen. Sie war damit einverstanden. Anscheinend hat sie auch schon jemand im Auge, war aber zu feig um es mir zu sagen. Aber nun ist es für uns beide eine wirkliche Erleichterung!"

Freudestrahlend fiel die Schwimmerin ihrem Trainer um den Hals.

„Ist das wahr? Ist das wirklich wahr?" schrie sie voller Freude.

„Ja, mein Schatz. Es ist wahr. Ich habe es dir ja versprochen! Unser gemeinsames Leben ist zum

Greifen nah!" lachte er und begann sie wieder zu küssen.

Zuerst waren es nur sanfte Küsse, die die Erleichterung der beiden wiederspiegelte. Doch von einem Moment auf den anderen wurden sie leidenschaftlicher.

„Serena. Wir müssen aufhören! Sonst kann ich nicht mehr aufhören." Sah er sie fast bettelnd an.

„Warum? Wir sind alleine hier. Keine Menschenseele! Oder hast du etwa Angst, alter Mann!" kicherte Serena frech.

„Ich? Ein alter Mann? Das wirst du bereuen!" Mit dieser Warnung begann er sie zu kitzeln, bis Serena den Tränen vor lauter Lachen nahe war.

„Aufhören! Bitte!" flehte sie ihn an.

„Na gut, aber nur wenn du mich küsst!"

Dieser Aufforderung kam sie nur zu gern nach.

Erneut erregten die beiden sich so sehr, dass Serena ungeduldig an seinem Gürtel zog.

„Bist du dir sicher? Hier?" keuchte er atemlos.

„Du redest viel zu viel. Ich will dich spüren und zwar jetzt. Wenn du aber Bedenken hast, dann sag es und ich höre auf!" Auffordernd sah sie ihm in die Augen.

Ohne zu zögern begann er nun ihre Hose aufzuknöpfen. So schnell sie konnten, entledigten sie sich ihrer beiden Jeans. Nur die T-Shirts ließen sie an. Soweit wollten sie dann doch nicht gehen.

Als er ihr aus dem Unterhöschen half und sich wieder auf die Bank setzte, konnte Serena es nicht mehr erwarten und setzte sich auf ihn um ihn in sich aufzunehmen.

„Serena! Ich habe kein Kondom an!" rief er entsetzt aber erregt zugleich.

„Keine Angst! Ich nehme die Pille!" erklärte sie ihm und begann ihn zu reiten. Sie wollte alles für einen Moment vergessen. Die ganze Welt um sich herum war ihr völlig egal. Jetzt zählten nur noch Mark und sie.

Mark ließ sie ihr Tempo finden. Er wusste, dass Serena in diesem Moment die Kontrolle brauchte. Obwohl es ihm sehr viel Anstrengungen kostete, nicht zu früh zu kommen.

Erst als er merkte, dass sie dem Höhepunkt zusteuerte, ließ auch er sich fallen und gemeinsam erreichten sie einen bombastischen Orgasmus, der Serena in Wellen ein paar Mal überrollte.

Erschöpft ließ sie sich fallen und er fing sie mit seinen Armen auf. Die Arme, bei denen sie sich so sicher und wohl fühlte.

„Alles in Ordnung?" flüsterte er ihr ins Ohr.

„Mehr als das. Danke dafür. Ich schätze, ich habe das gebraucht." Lächelte sie verlegen.

„Du entschuldigst dich aber jetzt nicht gerade wegen diesem fantastischen Sex, oder?" wollte er verdutzt wissen.

Rot geworden, vermied sie es ihn anzusehen. Bis er ihren Kopf hob und ihr in die Augen sah. „Ich liebe dich und egal wann und wo wir zusammen sind. Ich genieße jeden Moment mit dir! Verstanden?"

Nickend gab sie ihm einen Kuss, bevor sie von ihm runter stieg, damit sie beide sich wieder anziehen konnten.

„Wie spät ist es eigentlich?" wollte Serena nach einer Weile wissen.

„Kurz nach 17 Uhr, warum?"

„Oh Mist. Ich habe versprochen um 17 Uhr zu Hause zu sein. Ich muss los! Tut mir leid!" wehmütig sah sie ihn an. In ihrem Blick konnte er erkennen, dass sie eigentlich nicht gehen wollte.

„Es ist in Ordnung. Wir sehen uns ja morgen wieder." Rasch gab er ihr noch einen Kuss, bevor sie zu den Autos gingen.

„Kommst du nächste Woche eigentlich wieder in die Schule?" wollte er wissen, bevor sie in ihren Wagen stieg.

„Ja. Zumindest habe ich es vor. Warum?"

„Na ja. Diese Woche schaffe ich es, zu arbeiten, aber wenn du wieder da bist, dann wird es schwieriger für mich!" grinste er.

„Tja, Mr. Porter. Es tut mir leid, aber durch diese Hölle müssen Sie wohl durch!" scherzte sie.

„Habe ich dir schon gesagt, dass du ein Frechdachs bist? Aber einer, den ich Gott sei Dank liebe!" Er beugte sich bei der offenen Tür in den Wagen um ihr noch einen letzten Kuss zu geben.

„Wir sehen uns morgen! Ich wünsche dir viel Kraft für die Beerdigung. Wenn du irgendetwas brauchst, dann ruf mich an. Ich werde sofort bei dir sein!"

„Danke. Das ist sehr lieb von dir! Aber wir sehen uns am Abend bei mir zu Hause. Ich ruf dich an, wenn ich dort bin!"

„Mach das! Bis morgen!"

„Bis morgen!"

Bevor sie jedoch die Tür zuschlagen konnte, hielt er sie noch einmal davon ab. „Serena?"

„Ja?"

„Ich liebe dich!"

Strahlend sah sie ihn an. „Ich liebe dich auch!"

Mit diesen Worten schlug sie die Autotür zu und fuhr nach Hause.

Sosehr sie sich vor der Beerdigung graute, freute sie sich auf das gemeinsame Treffen mit Mark.

Kapitel 12:

Den nächsten Tag verbrachte Serena teilweise wie in Trance. Sie wollte die Beerdigung so schnell wie es ging hinter sich bringen.

Währenddessen schwankten ihre Gedanken immer ab und sie dachte an die wenigen guten Momente mit ihrer Mutter. Doch seit ihr Vater vor 14 Jahren gestorben war, war es mit ihr immer weiter bergab gegangen. So viele schöne Momente hatte sie dann nicht mehr mit ihr.

Eine gewisse Erleichterung machte sich in Serena breit, als der Sarg hinuntergelassen wurde. Vielleicht begann jetzt ein neues Leben für sie. Sie musste jetzt nur noch ihren Frieden mit ihrer Mutter machen und dann konnte sie sich ihrem neuen Leben widmen.

„Serena? Alles in Ordnung?" flüsterte Vickys Mutter ihr zwischendurch immer wieder ins Ohr.

Mit einem leichten Kopfnicken antwortete Serena und starrte weiterhin auf den Boden.

Schließlich war die Beerdigung endlich vorbei und erleichtert stieg Serena in das Auto der Coopers.

„Wills du heute irgendetwas unternehmen um dich abzulenken?" wollte Diana wissen.

„Nein, danke. Ich habe schon was vor. Ich möchte gerne ein wenig allein sein, wenn es für euch in Ordnung ist."

„Kein Problem. Du musst das tun, was du für dich richtig hältst."

Vicky entkam ein leichtes Grinsen, da Serena sie in ihrem Plan eingeweiht hatte. Schnell schlug sie nach ihrer Freundin aus, damit diese wieder ernst durch die Gegend schaute.

„Hast du etwas Bestimmtes vor?" frage Mr. Cooper interessiert.

„Ja." Antwortete Serena knapp. Sie wollte die beiden nicht anlügen, also hoffte sie, dass sie nicht weiter fragen würden. Zum Glück taten sie es auch nicht.

Eine Stunde später parkte Serena ihr Auto vor dem Haus und ging gedankenverloren zum Haus. Es war seltsam jetzt nach Hause zu kommen. Ihre Mutter würde sie nie wieder besoffen begrüßen und sie musste auch nie wieder hinter der Alkoholikerin aufräumen. Sie wusste, dass sie um ihre Mutter trauern sollte, aber eigentlich war die Erleichterung viel größer.

Plötzlich trat eine dunkle Gestalt aus dem Schatten der Bäume neben dem Haus. Erschrocken fuhr Serena herum und wusste nicht, was sie tun sollte. Doch als sie in das lächelnde Gesicht von Mark blickte, atmete sie erleichtert aus.

„Du hast mich ganz schön erschreckt! Idiot!" tadelte sie ihm, fiel ihm aber trotzdem um den Hals um ihn zu begrüßen.

„Das tut mir leid. Aber ich konnte es nicht mehr abwarten, dich zu sehen, also bin ich früher hergekommen." Erklärte er ihr verlegen.

„Wo steht dein Auto? Ich habe es gar nicht gesehen!"

„Ich habe es ein paar Straßen weiter abgestellt! Ich fand es sicherer so."

„Gut mitgedacht, Herr Professor!" lächelte sie und sperrte ihnen die Eingangstür auf.

„Erwarte nicht all zu viel. Wir hatten noch nie besonders viel Geld. Vor allem seit meine Mutter angefangen hat zu saufen. Das Haus gehört längst renoviert, aber bis auf die Couch gestern, ist alles noch beim Alten." Entschuldigte sie sich schon im Vorhinein.

„Das ist mir egal. Ich freue mich darauf zu sehen, wie du lebst. Egal wie es aussieht. Es ist dein zu Hause und das zählt für mich."

Neugierig begann er sich im Haus umzusehen. Einerseits war es ihr peinlich, doch seit Diana mit ihr aufgeräumt hatte, sah es wenigstens wieder bewohnbar aus.

„Es ist doch gar nicht so schlimm." Meinte Mark verwundert.

„Ja. Jetzt. Du hättest es vorhersehen sollen."

„Ach papperlapapp. Ich finde es nett hier. Wenn man die veralteten Möbel durch neue ersetzen und die Wände neu streichen würde, dann ist es sicher ein tolles, gemütliches Haus. Mir gefällt es!"

Serena freute sich, dass Mark sich offensichtlich wohl zu fühlen schien. Überhaupt gefiel es ihr, dass er bei ihr im Haus war. Es fühlte sich so normal an.

„Was denkst du gerade?" wollte er wissen, während er seine Arme um sie legte.

„Dass es mir gefällt, dass du hier bist. Ich könnte mich daran gewöhnen."

„Wer weiß, vielleicht musst du das auch!" grinste er.

„Wie meinst du das?"

„Na ja. Barbara und ich haben das Datum unseres Trennungsjahr nach hinten geschoben. Das bedeutet, dass ich in drei Monaten wieder frei sein werde und mir eine neue Bleibe suchen muss."

„Was? So schnell?" freute sich Serena.

„Ja. Ich hatte gehofft, dass du darüber glücklich sein wirst. Also was sagst du?"

„Was meinst du jetzt genau?"

„Na ob ich hier mit dir leben könnte."

„Keine Ahnung. Darüber muss ich wohl in Ruhe nachdenken!"

Enttäuscht über ihre Reaktion starrte Mark sie entgeistert an. Erst als Serena ein grinsen auskam, erkannte er, dass sie ihn verarscht hatte.

„Du kleines Luder! Ich habe wirklich geglaubt, dass du das nicht willst!" atmete er erleichtert aus.

„Reingefallen!" lachte Serena und begann ihn zu küssen.

„Warte mal. Ich habe noch keine richtige Antwort bekommen!"

„Wozu?"

„Serena!"

„Ja, ja. Schon gut. Nicht wieder aufregen." Lachte sie. „Natürlich würde ich mich freuen. Aber denkst du nicht, dass die Leute reden werden? Ist das nicht zu offensichtlich?"

„Interessiert es dich wirklich was andere zu sagen haben?"

„Keine Ahnung. Ich weiß es nicht. Ich weiß, dass ich dich liebe, aber irgendwie machen wir so große Schritte, dass ich kaum noch nachkomme." Besorgt sah er sie an. „Das letzte was ich möchte, ist dich unter Druck zu setzen. Ich werde mich nach einer eigenen Wohnung umsehen. Du hast ja recht. Wir sollten einen Schritt nach dem anderen machen. Fühl dich nicht unter Druck gesetzt. Es ist alles in Ordnung zwischen uns."

„Bist du dir sicher?"

„Ja. Voll und ganz!" versicherte er ihr und küsste sie.

„Moment! Ich hätte da eine Idee!" unterbrach Serena plötzlich ihren Kuss.

„Was ist los?"

„Ich habe einen super Einfall! Diana, Vickys Mutter, hat mir angeboten, bei ihnen solange zu leben, wie ich möchte. Was wäre also, wenn du das Haus offiziell mieten würdest und ich lebe bei den Coopers? Trotzdem könnten wir uns jeden Tag sehen und wenn ich bereit dazu bin, dann ziehe ich bei dir hier ein!"

Einen Moment dachte Mark darüber nach. „Das ist eigentlich keine schlechte Idee. So können wir das machen!" stimmte er ihr schließlich zu.

„Schön! Ich freu mich!" jubelte Serena.

„Aber nur unter einer Bedingung!" wandte Mark ein.

„Und der wäre?"

„Wir renovieren gemeinsam das Haus. Ich werde hier nichts verändern, ohne deine Zustimmung!"

„Abgemacht! Das machen wir! Wann kannst du hier einziehen?" wollte sie nun ungeduldig wissen.

„Wie wäre es mit nächster Woche? Bis dahin habe ich Barbara informiert und du kannst mit den Coopers sprechen."

„Einverstanden!" lächelte Serena glücklich.

„Aber eine Bedingung hätte ich da noch, bevor ich hier einziehe!"

„Und die wäre?"

„Du musst mir noch dein Zimmer zeigen!" grinste er.

Ohne zu zögern nahm sie ihn an der Hand und ging mit ihm ihr Zimmer. Als er sofort begann sie auszuziehen, lachte sie laut auf. „Ich dachte, du wolltest mein Zimmer sehen!"

„Ja. Will ich ja auch. Als erstes würde ich gern dein Bett testen. Nur um zu sehen, ob wir ein neues kaufen müssen."

Widerstandslos ließ sie sich von ihm aufs Bett schubsen, doch dass sie ihn mit sich zog, damit hatte er nicht gerechnet.

Obwohl sie beide es kaum abwarten konnten, sich ihrer Kleidung zu entledigen, genossen sie es doch sich einfach nur zu küssen.

„Ich liebe dich!" flüsterte er ihr sanft zu.

„Und ich liebe dich!" strahlte sie zurück.

Diese drei Worte waren für die beiden der Startschuss sich ihrer Kleider zu entledigen und einen wundervollen Abend zu verbringen.

„Muss das sein? Wir könnten hier gemeinsam übernachten!" murrte Mark genervt, als sie gemeinsam das Haus verließen.

„Nein. Tut mir leid. Heute nicht. Ich habe Diana versprochen nicht zu spät nach Hause zu kommen und ich möchte nicht ihre Gastfreundschaft überstrapazieren. Du musst Geduld haben! Unsere Zeit wird schon noch kommen!" lächelte sie und gab ihm noch rasch einen Kuss, bevor sie zu ihrem Auto ging.

„Sehen wir uns morgen?" wollte er verzweifelt wissen.

„Mal sehen!" grinste sie ihn frech an und schloss die Autotür.

„Du bist wirklich frech! Aber warte. Meine Rache wird kommen!" grinste er zurück, bevor er zu seinem Wagen ging.

Noch immer grinsend ging sie kurz vor Mitternacht durch das Haus der Coopers und verschwand in ihrem Zimmer.

Was für ein Tag! Sie hatte heute ihr altes Leben, in Form ihrer Mutter, begraben und ein neues mit Mark begonnen. Wie nah doch das Gute und das Schlechte lagen.

Als ihr Handy klingelte, las sie lächelnd eine Nachricht von ihm.

„Ich vermisse dich! Es war ein wundervoller Abend und ich freue mich schon auf den Rest meines Lebens mit dir! Ich liebe dich! M.!"

Nachdem sie ihm geantwortet hatte, legte sie sich ins Bett und schlief sofort zufrieden ein.

Kapitel 13:

Ein paar Tage später, am Montagmorgen, machte sie sich gemeinsam mit Vicky auf den Weg zur Schule.

„Na? Bist du schon nervös?" war sie neugierig.

„Es geht. Die anderen werden mich sicher mit Fragen löchern. Du weißt schon, wegen meiner Mutter und so. Aber da muss ich durch. Wird schon gehen!"

„Das meinte ich doch nicht!" wandte Vicky genervt ein. „Ich wollte wissen, ob du wegen Mr. Porter schon nervös bist!"

„Ach so. Nein. Ich denke nicht. Es wird zwar eigenartig. Sehr sogar. Aber wir werden das schon meistern." hoffte Serena aus tiefstem Herzen.

„Wie war eigentlich euer Wochenende? Du warst ja nicht sehr oft zu Hause. Meine Mutter hat schon den Verdacht, dass du einen Freund haben könntest!" meinte ihre Freundin, während sie die Stufen hinauf gingen.

„Weiß sie etwas?" wollte die Schwimmerin entsetzt wissen.

„Nein. Keine Panik. Ich habe ihr erzählt, du bräuchtest jetzt einfach etwas Zeit für dich. Aber lange wird sie mir das nicht glauben, wenn du jedes Mal grinsend nach Hause kommst."

„Tut mir leid, dass du wegen mir deine Eltern anlügen musst."

„Vergiss es! Es wäre nicht das erste Mal! Aber erzähl mal! Wie war euer Wochenende?" blieb sie hartnäckig.

„Es war toll! Wir haben bereits Pläne für das Haus gemacht. Es wird schön werden."

„Ihr habt aber hoffentlich auch andere Dinge gemacht!"

„Ja. Essen und trinken! Und mehr wirst du nicht erfahren. Vergiss es!" Hielt Serena ihre Freundin zurück, bevor sie noch mehr Fragen stellen konnte.

„Du bist gemein! Du bist im Moment die einzige von uns die Sex hat. Du könntest mir wenigstens ein paar Details erzählen!" flehte sie noch einmal, aber Serena blieb stur. Es gab einfach Dinge für sie, die sie nicht einmal mit ihrer besten Freundin besprechen wollte.

„Serena! Schön, dass du wieder da bist!" freuten sich ihre Mitschüler, als sie mit Vicky das Schulgebäude betraten.

„Danke, Leute! Vor allem danke für euer schönes Plakat am Eingang. Aber ihr hättet es ruhig ein wenig kleiner halten können."

„Spinnst du! Wenn wir schon mal eine Jungendschwimmmeisterin haben, dann wollen wir das auch feiern!" unterbrach Lucy Serenas Gespräch mit Mike.

Lucy war noch nie eine gute Freundin von Serena gewesen. Um ehrlich zu sein, empfand sie Lucy als zu anstrengend und als eine falsche Schlange.

„Danke. Lucy." Antwortete die Schwimmerin knapp und ging mit ihrer Freundin schnell weiter.

„Die hat doch vor, sich an deine Fersen zu heften, jetzt wo du berühmt bist!" vermutete Vicky.

„Soll sie es doch versuchen. Bei mir hat sie keine Chance. Das Geschleime kann sie bei jemand anderem versuchen." Stimmte Serena ihr zu.

Als sie gemeinsam in Richtung ihres Klassenzimmers gingen, wurden sie immer wieder von Mitschülern angesprochen, die Serena entweder ihr Beileid aussprechen wollten, oder sie zum Sieg beglückwünschten.

„Serena! Komm jetzt! Wir kommen sonst zu spät zum Unterricht!" riss Vicky ihre Freundin von einer Mitschülerin weg.

„Ja. Ich komm ja schon. Entschuldige!" wandte sie sich rasch an die Schülerin, bevor Vicky sie mit sich riss.

„Das war unhöflich!" meinte Serena.

„Mir egal. Ich möchte nicht, wegen dir zu spät kommen. Im Gegensatz zu dir brauchen meine Noten den Unterricht! Und wenn...." Vicky unterbrach ihren Satz, da sie noch vor ihrer Freundin den Trainer auf sie zu kommen sah.

„Jetzt wird es spannend!" flüsterte sie grinsend und wurde von Serena entgeistert angestarrt.

„Was meinst du?"

Ohne zu antworten, deutete Vicky den Gang entlang und Serena folgte ihrem Blick. Sofort bekam sie ein verliebtes Grinsen im Gesicht und konnte ihn nicht mehr aus den Augen lassen.

„Na toll! So wie ihr zwei euch anschmachtet, könnt ihr es gleich der ganzen Welt erzählen! Reiß dich gefälligst zusammen!" warnte Vicky sie.

„Ja. Du hast ja recht. Ich versuche nicht mehr so dämlich zu grinsen." War Serena ihr dankbar.

„Guten Morgen, Miss Parker. Schön, dass sie wieder zurück sind an unserer Schule. Wie geht es Ihnen?" begrüßte Mark sie förmlich.

„Danke, Mr. Porter. Es geht mir den Umständen entsprechend gut."

„Fühlen Sie sich dazu in der Lage heute zum Training zu kommen, oder wollen Sie sich lieber etwas Auszeit nehmen? Ich kann es verstehen."

„Nein, nein. Ich werde kommen. Ist eine gute Ablenkung zum Alltag." Sagte sie ihrem Professor zu.

Einen kurzen Moment konnte man Überraschung in seinem Gesicht erkennen, doch er fasste sich schnell und lächelte sie freundlich an. „Gut. Das freut mich. Die anderen werden sich auch freuen. Wir sehen uns also dann später!"

Mit diesen Worten ließ er die beiden stehen und ging in Richtung Turnhalle.

„Das habt ihr gut gemacht!" lobte Vicky ihre Freundin. „Aber jetzt erklär mir mal, warum du es euch beiden noch schwerer machen willst!"

„Was meinst du?" wollte Serena überrascht wissen.

„Na ja. Er hat dir gerade die Möglichkeit gegeben, das Schwimmen zu schwänzen um es euch leichter zu machen. Und was machst du? Gehst zum Schwimmen! Willst du ihn und dich umbringen?"

„Darüber habe ich gar nicht nachgedacht. Aber jetzt habe ich schon zugesagt. Ich werde es heute mal versuchen. Dann werde ich ja sehen, wie es läuft. Außerdem habe ich ja dich! Du wirst ja die ganze Zeit bei mir sein!"

„Toll. Ich darf also die Anstandsdame spielen. Vielen Dank dafür. Setz das auf die Liste, auf der alle Punkte stehen, bei denen du mir schon einen Gefallen schuldest!"

„Das mach ich! Versprochen! Und jetzt lass uns gehen. Sonst kommen wir noch zu spät zum Unterricht!" scherzte Serena und rannte voraus. Lachend kam Vicky hinter ihr her.

„Und wie war es für dich im Biologieunterricht zu sitzen und der Frau in die Augen zu sehen?" wollte Vicky wissen, als sie nach dem Mittagessen zur Schwimmhalle gingen.

„Es war ganz okay. Irgendwie habe ich kein schlechtes Gewissen, weil ich ja weiß, dass es ihr nicht unbedingt das Herz bricht." Flüsterte Serena zurück, bevor sie die Tür zu den Umkleidekabinen öffnete.

Ein paar Minuten später betraten sie die Schwimmhalle. Nach einem kurzen Blick auf den Professor, murmelte Vicky: „Ich denke nicht, dass das eine gute Idee war. Er zieht dich ja förmlich mit seinen Augen aus. Serena! Guck woanders hin! Du schaust ja genauso dämlich!"

„Aua!" schrie Serena auf, als Vicky sie in die Seite zwickte.

„Erde an Serena! Bitte aufwachen! Reiß dich zusammen, oder geh!" befahl ihre beste Freundin.

Nach einem erneuten Blick zu Mark, wusste die Schwimmerin, dass ihre Freundin recht hatte. Das war wirklich keine gute Idee.

„Ich fühl mich nicht gut. Würdest du mich bitte entschuldigen?" bat sie ihre beste Freundin und rannte dann zu den Umkleidekabinen.

Sie konnte den besorgten Blick ihres Trainers nicht mehr sehen, aber die verwirrten Blicke ihrer Teamkollegen konnte sie sehr wohl spüren.

„Ihr geht es noch nicht gut. Sie hat sich wohl etwas übernommen." Hörte sie Vickys Stimme noch bevor sie die Halle verließ.

Als sie sich gerade die Jacke anzog, hörte sie jemand die Umkleidekabine betreten.

„Vicky? Bist du es?" fragte sie laut.

„Nein. Ich bin es." Hörte sie Marks Stimme näherkommen.

„Was machst du hier? Wenn dich jemand hier sieht!" rief sie entsetzt.

„Ich habe alle ins Wasser geschickt um Bahnen zu schwimmen. Mir war es wichtig, zu wissen wie es dir geht."

„Bleib stehen!" Bat sie ihn bevor er noch näherkam.

Verzweifelt sah er sie an. „Was ist los mit dir?" wollte er nochmal wissen.

„Ich weiß es nicht. Es ist wohl schwieriger als ich gedacht hätte. Wir sollten uns wohl doch in der

Schule aus dem Weg gehen." Erklärte sie ihm genervt.

„Wir wussten, dass es nicht leicht wird. Vielleicht hast du recht. Lass uns heute Abend darüber sprechen. In Ordnung?" schlug er vor.

„Ja. Wir treffen uns im Haus. Aber jetzt muss ich gehen. Bitte entschuldige." Sah sie ihn flehend an.

„Alles okay! Ich verstehe dich. Für mich war es auch ziemlich aufregend, dich in diesem Badeanzug zu sehen. Wir hätten das beide wohl nicht überstanden!" grinste er sie an.

„Nein. Wahrscheinlich nicht." Lächelte sie schüchtern zurück.

„Würdest du mir einen Gefallen tun?" hielt er sie noch kurz auf, bevor sie gehen konnte. Fragend und abwartend sah sie ihm an. „Könntest du den Badeanzug bitte heute Abend anziehen?"

„Mark! Hör auf hier so zu sprechen!" flüsterte sie. Sie hatte Angst, dass sie jemand hören konnten.

„Heißt das nein?" wollte er wissen.

„Das wirst du schon noch sehen." Mit diesen Worten verließ sie die Umkleidekabine und ließ ihn stehen.

Als sie die Schule verließ, atmete sie ein paar Mal tief durch. drei Monate! Solange musste sie Geduld haben. Das würde schon irgendwie gehen, solange sie den Schwimmunterricht mied. Anstatt den Bus zu nehmen, beschloss Serena zu Fuß nach Hause zu gehen. Sie wollte frische Luft schnappen um einfach mal richtig durch zu atmen.
Eigentlich hatte sie es sich etwas leichter vorgestellt. Doch wenn man den Mann den man liebt, nicht einmal verliebt anlächeln durfte, war das doch sehr anstrengend. Das bedeutete aber auch, dass sie das gemeinsame Training beenden musste. Schließlich würde es auch niemandem auffallen, da sie die Meisterschaft ja gewonnen hatte und sich nun auf die Schule konzentrieren wollte.
Drei Monate! Sie musste sich das immer wieder vorsagen.

Einige Zeit später am Nachmittag betrat Mark Serenas Haus, mit dem Schlüssel, den sie ihm bereits geschenkt hatte. Zuerst dachte er, dass er der erste war, doch dann konnte er leise Musik hören. Er folgte den Geräuschen bis zu ihrem Schlafzimmer.

Gespannt öffnete er die Tür und blieb überrascht stehen. Überall waren Kerzen angezündet und beleuchteten den Raum in warmes Licht. Als er dann aufs Bett sah, stockte ihm der Atem. Serena rekelte sich auf dem Bett nur mit dem Badeanzug der Schule bekleidet.

„Womit habe ich das verdient?" wollte er sprachlos wissen.

„Dein Blick, als du mich heute im Badeanzug gesehen hast, hat mich total heiß gemacht. Ich wollte unbedingt herausfinden, was es für ein Gefühl sein muss, wenn du ihn mir ausziehst!" lächelte sie ihn verführerisch an.

„Da habe ich ja Glück, dass deine Neugier so groß ist!" freute er sich und begann sich auszuziehen, denn auch er hatte eine Überraschung für sie. Wenig später stand er ebenfalls in Badeshorts vor ihr.

Serena begann darüber herzhaft zu lachen. „Zwei Dumme, ein Gedanke! Oder?"

„Sieht so aus. Aber ich freue mich, dich wieder lachen zu sehen!" Zärtlich küsste er sie auf die Schläfe.

„Es tut mir leid, dass ich heute so blöd reagiert habe, aber ich musste wirklich weg von dir. Das Training hätten wir beide nicht überstanden, ohne uns zu verraten."

„Du brauchst dich nicht zu rechtfertigen. Im Gegenteil. Irgendwie war ich froh, dass du weg warst. Ich hätte meinen Job nicht machen können!" grinste Mark und begann sie auf die Schulter zu küssen.

„Mr. Porter? Ich muss Sie darüber informieren, dass ich Ihren Unterricht nicht länger besuchen werde. Können Sie damit leben?"

„So leid es mir tut, Miss Parker. Aber um ehrlich zu sein bin ich froh darüber. Wie sollte ich das überleben, wenn ich Ihnen den hier nicht ausziehen kann? Deswegen akzeptiere ich ihre Unterrichtverweigerung." Neckte er sie und schob den Träger ihres Badeanzugs langsam nach unten. Dabei legte er eine ihrer Brüste frei, der er sich sofort begann ausgiebig zu widmen.

Serena schloss ihre Augen und genoss es, sich von ihm verwöhnen zu lassen. Das hier fühlte sich so richtig an! Sie wollte nichts anders mehr tun, außer mit ihm zärtlich zu werden. Sie wollte ihn spüren.

Jede seiner Berührungen jagte ihr einen Schauer über den Rücken.

Als sie auch mit ihrer Hand seinen Körper erkundete, konnte sie lächelnd feststellen, dass auch er ziemlich erregt war.

So sollte es jeden Tag sein! Eines Tages würde dieser Traum auch wahr werden.

„Alles in Ordnung?" wollte Mark plötzlich wissen.

„Ja. Warum fragst du?"

„Ich habe das Gefühl, dass du ein wenig abwesend bist. Was geht dir durch den Kopf?"

„Nichts wichtiges. Lass uns weitermachen!" bat sie ihn und begann ihn am Hals zu küssen.

„Serena. Warte bitte! Ich möchte, dass wir beide es genießen und wenn du keine Lust dazu hast, dann wäre ich auch glücklich, wenn wir nur kuscheln würden."

Verliebt sah Serena ihn an. Wenn sie ihn nicht schon lieben würde, dann hätte sie ihn wohl gerade in ihr Herz geschlossen.

„Ich habe nur kurz über uns beide nachgedacht und wie sehr ich mich auf die gemeinsame Zeit freue, in der wir uns nicht mehr verstecken müssen." Erklärte sie ihm und fuhr ihm dabei liebevoll durchs Haar.

„Und du meintest, du hättest an nichts Wichtiges gedacht? Das ist verdammt wichtig. Ich freue mich auch schon darauf und bis dahin genießen wir unsere gemeinsame Zeit!" lächelte er verliebt.

„Das machen wir. Nur nicht in der Schule!"

„Stimmt. Nur nicht in der Schule!"

Als er aufstehen wollte, hielt Serena ihn zurück. „Wo willst du hin?"

„Ich hole uns ein paar DVD´s. Wir werden heute einen gemütlichen Abend ohne Erwartungen verbringen." Meinte er entschlossen.

„Und ich werde nicht gefragt?"

Er hielt in seiner Bewegung inne. „Welche Pläne hättest du?" wollte er hoffnungsvoll wissen.

Ohne ein einziges Wort begann sie sich ihren Badeanzug auszuziehen und als sie völlig nackt vor ihm stand, lächelte sie ihn lasziv an. „Wäre das in Ordnung für dich?"

„Das fragst du noch?" Er entledigte sich ebenfalls seiner Badeshorts und legte sich zur ihr. Sofort umschlang sie ihn mit ihren Händen und Beinen, was der Auftakt für einen wundervollen Abend war.

Kapitel 14:

Am nächsten Morgen betraten Vicky und Serena wieder gemeinsam die Schule. Als sie zum Klassenzimmer gingen, kam es Serena irgendwie seltsam vor, dass die anderen sie komisch anstarrten.

„Sag mal, habe ich etwas im Gesicht?" wollte sie von ihrer Freundin wissen.

„Nein. Eigentlich nicht!" meinte diese nach einem kurzen Blick.

„Und warum sind dann alle so komisch?"

„Du kennst sie ja. Jeden Tag etwas anderes. Gestern warst du die Heldin, heute bist du der

Feind. Ich würde mir da keine Gedanken machen." Zog Vicky das ganze ins Lächerliche.

„Dein Wort in Gottes Ohr." Irgendwie hatte sie trotzdem ein eigenartiges Gefühl.

Erst als die beiden Freundinnen die Klasse betraten, wussten sie auch den Grund, warum ihre Mitschüler sie so dämlich anstarrten.

Auf der Tafel stand mit großem Schriftzug geschrieben:

„Das Pärchen des Jahres: Mr. Porter und Serena Parker! Was gibt es Schöneres, als gemeinsam in den Sonnenuntergang zu schwimmen?"

„Wer hat diesen Scheiß geschrieben?" brüllte Vicky und machte sich daran, das Geschriebene von der Tafel zu löschen.

„Warum so theatralisch? Oder ist daran etwas dran?" wollte Lucy grinsend wissen.

„Natürlich nicht. Was soll der Scheiß? Woher kommt der?" starrte Vicky Lucy giftig an.

„Mich darfst du nicht fragen! Ich habe nur das Gerücht gehört, dass die beiden wohl in der

Umkleide mehr zu tun hatten, als über das Schwimmen zu sprechen!"

Da Serena immer noch wie erstarrt dastand, begann Vicky für sie einzutreten. „Wer um alles in der Welt hat diesen Schwachsinn in die Welt gerufen? Habt ihr keine anderen Sorgen?"

„Was sagst du denn dazu?" wandte sich Lucy grinsend an Serena.

Diese brachte jedoch keinen Ton heraus. Sie drehte sich einfach um und verließ das Klassenzimmer.

Auf dem Gang wäre sie beinahe in die Schuldirektorin, Mrs. Brightman, gelaufen.

„Serena! Zu Ihnen wollte ich gerade! Würden Sie mir bitte in mein Büro folgen?" bat sie die Schülerin mit ernstem Tonfall. Ohne zu fragen warum, ging sie hinter der Direktorin her.

Vicky sah ihrer Freundin entsetzt nach. Auch wenn sie es wollte, sie konnte ihr jetzt leider nicht helfen.

Wenig später saß sie vor dem Büro der Direktorin und wartete auf diese, da sie noch kurz telefonieren musste. Da sie nicht vom

Boden aufsah, erkannte sie zuerst nicht, wer sich gerade neben sie gesetzt hatte. Erst als sie seinen Duft einatmete sah sie ihn überrascht an. „Was machst d…? Was machen Sie hier, Mr. Porter?"

„Keine Ahnung. Mrs. Brightman hat nach mir rufen lassen."

Da die Sekretärin sie beide beobachtete, konnten sie nicht so offen miteinander sprechen, wie sie es gerne getan hätten.

Durch einen glücklichen Zufall musste die Sekretärin jedoch das Büro kurz verlassen und die beiden waren einen Moment ungestört.

„Jemand hat den Verdacht, dass wir zusammen sind. Sie haben so eine dämliche Äußerung auf die Tafel geschrieben!" flüsterte Serene ihm zu.

„Was meinst du? Wer soll es wissen? Wir haben doch hier in der Schule nie etwas getan, was wir nicht durften!"

„Aber vielleicht hat man dich in mein Haus gehen sehen." Überlegte sie laut.

„Und? Ich renoviere mein Mietshaus. Schließlich will ich nächste Woche darin einziehen. Mach dir keinen Kopf darüber. Morgen haben sie einen anderen Skandal!" versuchte Mark optimistisch zu bleiben.

Bevor Serena ihm jedoch antworten konnte, öffnete die Direktorin ihre Tür und bat die beiden hinein.

Einen Moment herrschte völlige Stille, bis diese plötzlich von Mrs. Brightman unterbrochen wurde.

„Es gibt einen guten und einen schlechten Grund, warum ich Sie hierher bestellt habe. Sie beide. Mit welchen soll ich denn anfangen?" Sah sie die beiden fragend an.

Ohne sich klein machen zu lassen, antwortete Mark ihr selbstbewusst: „Die gute bitte."

„Also gut. Miss Parker. Ich möchte Ihnen gratulieren. Sie haben ein Stipendium erhalten. Wenn Sie sich dazu entschließen würden hier in Nashville aufs Collage zu gehen, dann müssten Sie sich über das Finanzielle keine Sorgen machen. Offenbar möchte die Stadt seine Schwimmweltmeisterin nicht verlieren. Ich gratuliere Ihnen!"

Mit diesen Worten überreichte sie Serena die Unterlagen, wo alles noch einmal genauer draufstand.

Völlig überrumpelt nahm sie der Direktorin mein einem leisen „Danke" die Unterlagen aus der Hand.

„Auch Ihnen, Mr. Porter, möchte ich gratulieren. Immerhin haben wir es Ihnen zu verdanken, dass Miss Parker so fit für die Jugendmeisterschaft war!"

„Dankeschön! Auch ich möchte mich der Gratulation anschließen!" lächelte Mark und reichte Serena die Hand.

„Vielen Dank. Für alles!" meinte sie schüchtern und starrte noch immer auf die Unterlagen ihres Stipendiums.

„So leid es mir tut, die Stimmung nun verderben zu müssen, muss ich Ihnen beiden auch die schlechte Nachricht übermitteln."

Sie sagte einen Moment nichts um die Spannung zu steigern.

„Heute Morgen wurde mir dieser Brief auf meinen Schreibtisch gelegt. Wer der- oder diejenige war, kann ich leider nicht sagen. Als ich heute gekommen bin, lag er schon da. Vielleicht sollten Sie beide diesen selber einmal lesen."

„Sehr geehrte Mrs. Brightman!

Mit diesem Brief möchte ich Sie darüber informieren, was an Ihrer Schule so vor sich geht. Wussten Sie eigentlich, dass ein Professor, Mr. Porter, eine Affäre mit seiner Schülerin, Miss Parker, hat? Oder wieso denken Sie, dass diese so viele Zusatzstunden von ihm bekommen hat? Auch in der Umkleidekabine ging es sicher das eine oder andere Mal heiß her.
Wollen Sie wirklich so einen Menschen auf Ihre Schüler loslassen? Ich denke nicht!

Ein sehr aufmerksamer Beobachter"

Entsetzt starrte Serena auf den Brief vor sich. Auch Mark schien nicht sonderlich begeistert zu sein.
„Von wem kommt der?" wollte der Trainer wissen.

„Keine Ahnung. Wie schon gesagt, er lag heute Morgen auf meinem Schreibtisch. Ich wollte mit Ihnen beiden darüber sprechen. So etwas muss ich als Direktorin leider ernst nehmen. Deswegen möchte ich von Ihnen beiden jetzt wissen, ob da irgendetwas dran ist?"

„Natürlich nicht! Miss Parker hat sich den ganzen Erfolg selbst erarbeitet und nicht, weil sie mit mir geschlafen hat!" Fuhr Mark aufgebracht in die Höhe.

„Was ist mit Ihnen, Serena? Wollen Sie sich auch dazu äußern?" wandte sich Mrs. Brightman ihrer Schülerin zu. „Nein danke. Ich möchte so etwas nicht kommentieren. Im Moment muss ich den Tod meiner Mutter verkraften. Alles andere ist für mich nicht wichtig. Aber wenn es Sie beruhigt: Ich habe Mr. Porter bereits darüber informiert, dass ich an seinem Schwimmunterricht nicht mehr teilnehmen möchte. Jetzt möchte ich mich noch die letzten Monate auf meine Noten konzentrieren, damit ich anschließend ein gutes Collage besuchen kann."

„Stimmt das Mr. Porter?"

„Ja. Miss Porter war gestern beim Training. Doch weiter als bis zum Becken ist sie nicht gekommen. Sie rannte sofort in die Umkleidekabine. Ich habe einen Moment gewartet und bin ihr dann nachgegangen um sie zu fragen wie es ihr geht?"

„Sie sind ihr in die Umkleide gefolgt?" wollte die Direktorin entsetzt wissen.

„Ja. Aber bevor ich diese betrat, habe ich Miss Parker gefragt, ob ich den Raum betreten durfte." Log Mark sie an. „Als sie mich hereinließ, wollte ich wissen wie es ihr geht. Nachdem sie mir dasselbe gesagt hatte, wie Ihnen gerade, habe ich Ihre Entscheidung akzeptiert. An ihrer Note würde es sowieso nichts mehr ändern. Miss Parker ist durch ihre außerordentlichen Leistungen schon immer eine Kanditen für eine 1!"

Nachdenklich sah Mrs. Brightman die beiden eine Weile an, als könnte sie an den Gesichtern der beiden die Wahrheit lesen.

„In Ordnung. Ich glaube Ihnen beiden. Aber tun Sie mir einen Gefallen. Gehen Sie sich einfach ein wenig aus dem Weg. Die Gerüchteküche wird sich schon noch beruhigen und dann gibt es sicher einen anderen Skandal." Bat die Direktorin die beiden.

„Warum sollte ich Miss Parker aus dem Weg gehen? Nur weil ein paar pubertierende Teenager sich etwas einbilden? Außerdem sollte ich Sie darüber informieren, dass Miss Parker in Zukunft meine Vermieterin sein wird."

Entsetzt starrte Mrs. Brightman den Professor an. „Was haben Sie gerade gesagt?"

„Sie haben schon richtig gehört. Meine Frau und ich lassen sich scheiden und da Miss Parker nicht mehr zurück in ihr Elternhaus ziehen möchte, habe ich ihr das Angebot gemacht dort einzuziehen und ihr bei der Renovierung zu helfen, so dass sie es vielleicht eines Tages verkaufen könnte."

„Sie beide machen mich echt fertig!" stöhnte die Direktorin genervt. „Sie wissen schon, dass Sie damit die Gerüchteküche noch mehr einheizen werden?"

„Wahrscheinlich. Aber um ehrlich zu sein, ist es mir egal. Ich weiß ja nicht, wie Miss Parker das sieht, aber ich habe damit kein Problem."

Beide sahen nun Serena an.

„Ich weiß nicht, was ich dazu sagen soll?" flüsterte sie. „Ich hasse diese Gerüchteküche und es macht keinen Spaß, da mittendrin zu sein. Aber ich kann es wohl nicht ändern. Immerhin sind es nur noch ein paar Monate. Wenn es mir zu viel wird, dann komme ich einfach nur noch zu den Prüfungen."

Mrs. Brightman musste eine Weile über diesen Vorschlag nachdenken.

„In Ordnung. Ich bin dabei, wenn Sie beide mir noch einmal versichern, dass sie kein Paar sind oder in irgendeiner Art und Weise ein Verhältnis haben."

„Ich verspreche Ihnen, dass ich kein Verhältnis mit Miss Parker habe." Bestätigte Mark ihr.

„Und Sie, Miss Parker?" wollte sie von der Schülerin wissen.

„Es stimmt. Ich habe kein Verhältnis mit Mr. Porter." Log auch Serena die Direktorin an.

„Gut. Dann gehen Sie beide jetzt wieder in den Unterricht und wir vergessen am besten das Ganze hier! Aber bitte gehen Sie sich in Zukunft ein wenig aus dem Weg! Zumindest bis der nächste Skandal hoch kocht!" grinste sie die beiden an, bevor sie das Büro verließen.

Kapitel 15:

„Wir reden heute Abend!" flüsterte Mark ihr zu, bevor er am Gang in die andere Richtung ging. Eigentlich sollte auch Serena in ihre Klasse gehen, doch ihre Beine verselbstständigten sich und sie lief so schnell sie konnte aus der Schule.

Was war das für ein Morgen? Sie hatte doch tatsächlich ein Sportstipendium erhalten! Allerdings für das Collage hier in Nashville. Sie wusste nicht, ob sie sich darüber freuen oder einfach nur heulen sollte! Andererseits war es eine Chance, die sie nicht verstreichen durfte. Und wer weiß? Vielleicht kam ja noch ein anderes Angebot, von einem anderen Collage, dass sie sofort annehmen würde.

Aber das Stipendium war nicht das einzige, dass sie beschäftigte. Noch mehr wurmte es sie, dass irgendjemand mehr über Mark und sie wusste, als ihr lieb war. Wer konnte das nur sein? Und was sollte sie jetzt tun?

Ihr Leben war im Moment ein totales Chaos. Wie sollte Sie das alles durchstehen?

Zum Glück waren die Coopers wieder arbeiten und Serena hatte das Haus für sich allein. Nicht, dass sie das ganze Haus brauchte. Sie wollte sich einfach nur auf ihr Zimmer verziehen und sich die Seele aus dem Leib heulen.

Vielleicht sollte sie einfach abhauen? Wer sollte sie aufhalten? Sie war volljährig und hatte einiges auf die Seite gespart. Warum sollte sie nicht woanders neu anfangen?

Aber sie wusste, warum. Mark und Vicky. Sie waren die einzige Familie, die ihr noch geblieben war. Sie wollte die beiden nicht verlassen.

„Scheiße!" fluchte sie laut vor sich hin, bis sie anfing herzhaft in den Kopfpolster zu heulen.

Irgendwann am späteren Nachmittag wurde sie von einer besorgten Vicky geweckt.

„Da bist du ja! Ich habe mir schon große Sorgen um dich gemacht, weil du nicht mehr zum Unterricht zurückgekommen bist. Als ich Mrs. Brightman nach dir gefragt habe, hat sie mich zuerst überrascht angesehen und dann gemeint, dass es dir wohl nicht gut ging und du nach Hause gegangen bist. Was ist los? Was ist passiert?"

In kurzen Sätzen erzählte Serena von dem Gespräch im Büro der Direktorin.

„Du hast ein Stipendium? Hier? Das ist doch toll, oder etwa nicht?"

„Ich weiß nicht. Ich wollte doch immer raus aus Nashville und jetzt soll ich hier studieren, wo sich alle den Mund fusselig reden wegen Mark und mir? Keine Ahnung ob das so toll ist." Entgegnete Serena ihrer besten Freundin.

„Natürlich kann ich dich verstehen. Aber das wird sich irgendwann alles legen. Du wirst schon sehen. Immerhin kannst du dann mit ihm zusammen sein. Er hat hier einen Job, du kannst aufs Collage gehen und ihr könnt mietfrei in einem wunderschönen Haus wohnen. Ist das denn nichts?"

Vickys Worte machten Serena nachdenklich. Eigentlich hatte ihre Freundin ja recht. Warum sie sich trotzdem nicht so freuen konnte, wie sie es wollte, konnte sie sich selbst nicht erklären.

„Was sagt Mark dazu?"

„Keine Ahnung. Wir konnten dann nicht mehr reden. Er ging sofort in den Unterricht und ich bin davongelaufen. Wir werden später miteinander reden."

„Tu das. Er wird dir das gleiche erzählen. Vertrau mir! Und außerdem finde ich deinen Vorschlag auch nicht schlecht. Deine Noten sind hervorragend, du musst nicht jeden Tag am Unterricht teilnehmen. Es reicht doch, wenn du bei den Prüfungen erscheinst. Die Mitschriften vom Unterricht kann ich dir mitnehmen und wir können auch zusammen lernen." Schlug Vicky begeistert vor.

„Sieht es denn dann nicht so aus, als würde ich davonlaufen?" wandte Serena traurig ein.

„Na und? Seit wann ist es dir wichtig, was andere denken? Serena! Du hast endlich mal ein wenig Glück verdient. Dein Leben war schon schwer genug. Genieße jetzt einfach das Hier und Jetzt! Nur das sollte dir wichtig sein, nicht der Scheiß, den die anderen in der Schule verzapfen." Versuchte ihre beste Freundin sie aufzumuntern.

Eigentlich hatte Vicky ja nicht unrecht. Vielleicht war es wirklich mal an der Zeit, dass sie an sich selbst dachte und ihr Glück genoss.

„Danke Vicky! Wie kann ich so eine Freundin wie dich nur verdienen?"

„Weil du nur das Beste verdient hast! Und ich bin das beste, das dir passieren konnte, meine Liebe!" grinste Vicky frech und schleuderte ihrer Freundin ein Kissen ins Gesicht. Was zur Folge hatte, dass eine wilde Kissenschlacht zustande kam. Solange bis die beiden Freundinnen erschöpft aufs Bett fielen.

„Danke, Vicky!"

„Gern geschehen!"

„Wie geht es dir?" wollte Mark besorgt wissen, als er am Abend das Haus betrat. „Du warst nicht mehr in der Schule. Man sagte mir, dass du nach Hause gegangen bist, weil es dir nicht gut ging. Alles in Ordnung? Und warum hast du dein Handy abgeschaltet?"

„Es geht mir gut. Ich wollte nur eine Weile meine Ruhe. Ich musste meinem Kopf eine Pause gönnen und mich etwas beruhigen. Tut mir leid, wenn du dir Sorgen gemacht hast. Das war nicht meine Absicht."

„Alles in Ordnung zwischen uns? Oder muss ich mir Sorgen machen?" sah er ihr skeptisch ins Gesicht.

„Jetzt nicht mehr. Ich habe mit Vicky gesprochen. Sie hat mir klar gemacht, dass ich mal versuchen sollte, mein Glück einfach nur zu genießen. Auch wenn es im Moment ein wenig kompliziert ist. Wir werden das schon schaffen."

„Ich mag Vicky! Habe ich das schon mal erwähnt?" grinste Mark.

„Ich werde es ihr gerne ausrichten. Aber jetzt mal im Ernst. Du weißt, dass wir jetzt noch vorsichtiger sein müssen. Irgendjemand ist uns auf der Spur. Solange ich deine Schülerin bin, werden wir noch mehr aufpassen müssen!"

„Das werden wir. Keine Treffen mehr außerhalb des Hauses! Versprochen! Aber solange wir hier drin sind, kann mich die Welt auf den Hintern küssen. Hier habe ich das Recht meine Freundin zu umarmen und zu küssen, wann immer ich es will!" grinste er und ließ seine Worte wahr werden.

„Mark?" murmelte sie in seiner Umarmung.

„Ja, Liebes?"

„Können wir heute einfach nur kuscheln?"

„Wenn du das möchtest. Ich bin schon froh, bei dir sein zu dürfen! Ich liebe dich nämlich!"

„Ich liebe dich auch!" lächelte sie verliebt zurück.

Gemeinsam machten die beiden es sich auf der Couch im Wohnzimmer bequem und sahen den restlichen Abend fern.

Kapitel 16:

Die nächsten Wochen waren für Serena ein Auf und Ab. In der Öffentlichkeit versuchte sie so wenig wie möglich in Marks Nähe zu kommen. Doch die Abende gehörten ihnen, vor allem seit er in das Haus gezogen war.

Serena begann bereits die Tage bis zu ihrem Schulabschluss zu zählen und stürzte sich voll und ganz in das Lernen für ihre Prüfungen.

Da die Gerüchteküche immer weniger wurde, ging Serena auch wieder mehr in die Schule. Sie bekam nicht mehr so viele neugierige Blicke der andern und damit konnte sie leben. Vor allem, weil Vicky ihr nicht von der Seite wich. Dafür war sie ihrer Freundin besonders dankbar.

Eines Tages gingen Serena und Vicky aus der Schule und sahen sich strahlend an.

„Wir haben es doch tatsächlich geschafft! Das war heute die letzte Prüfung!" grinste Vicky ihre beste Freundin an.

„Gott sei Dank! Ich dachte schon, dass dieser Tag niemals kommen würde!" freute sich auch Serena.

„Du weißt was das bedeutet?" flüsterte Vicky ihrer Freundin geheimnisvoll zu.

„Ja. Nur noch ein paar Tage und Mark und ich können aufatmen und unsere Liebe so zeigen, wie es normale Pärchen auch machen würden!" lächelte Serena verträumt vor sich hin.

„Wirst du mit ihm zum Abschlussball gehen?"

„Bist du verrückt? Natürlich nicht! Wir werden beide gar nicht hingehen. Wir werden übers Wochenende wegfliegen und einfach unsere Freiheit genießen."

„Du kommst nicht zum Abschlussball? Bist du verrückt? Wer soll mich dann begleiten?" fragte Vicky entsetzt.

„Wie wäre es mit Mike, der dich jetzt schon hundertmal gefragt hat?"

„Ich weiß nicht. Passt er denn zu mir?"

„Das wirst du erst dann wissen, wenn du ihm eine Chance gibst." Entgegnete Serena ihrer Freundin.

„Vielleicht hast du Recht. Ich werde ihm diese eine und sehr wertvolle Chance geben. Während du dich mit deinem Lover wer weiß wo vergnügst!" Wie aus trotz zeigte Vicky ihr die Zunge, was Serena nur noch mehr zum Lachen brachte.

„Was ist so lustig?" wollte Lucy interessiert wissen, als sie plötzlich hinter den beiden stand.

„Nichts was dich nur ansatzweise etwas angeht. Verzieh dich! Niemand von uns beiden möchte mit dir etwas zu tun haben." Fauchte Vicky genervt und trat einen Schritt zur Seite, damit Lucy an ihr vorbei gehen konnte.

„Keine Ahnung wie du es geschafft hast, dein Verhältnis mit unserem Professor geheim zu halten! Ich gratuliere dir dafür." Versprühte Lucy noch rasch ihr Gift, bevor sie weiter ging.

„Lass sie in Ruhe. Bald ist es vorbei und wir müssen sie nicht mehr wiedersehen!" hielt Serena ihre Freundin zurück, die drauf und dran war sich auf die Schlange zu schmeißen.

„Wahrscheinlich hast du Recht. Sie ist es nicht wert jetzt noch von der Schule geschmissen zu werden!" stimmte Vicky ihr zu und lief mit ihrer Freundin gemeinsam zur Busstation.

„Hast du eigentlich noch was von anderen Colleges gehört?" wollte Vicky wissen, während sie gemeinsam auf den Bus warteten.

„Von ein paar schon. Aber keines mit einem Stipendium. Ich bleibe wohl hier in Nashville. Wer weiß, vielleicht schaffe ich es ja eines Tages hier raus!" lächelte Serena gequält.

„Ach mein Schatz! Du wirst deine Ziele schon noch erreichen! Und bis dahin gehen wir beide gemeinsam aufs selbe Collage!" Versuchte Vicky wieder einmal ihre Freundin aufzumuntern.

„Du bist auch der einzige Grund, warum ich mich auf dieses Collage freue! Und auf das

Schwimmteam! Ich vermisse es zu schwimmen! Seit Dallas war ich in keinem Pool mehr!" begann Serena zu schwärmen.

„Wozu hast du eigentlich einen Lover mit einem Schlüssel zur Schwimmhalle?"

„Vicky! Spinnst du? Und alles riskieren nur damit ich ein paar Bahnen schwimmen kann? Nein danke! Außerdem wird die Temperatur des Sees von Tag zu Tag wärmer. Ich werde im Sommer noch oft genug zum schwimmen kommen."

„Ja. Okay. Du hast ja recht! Dumme Idee von mir! Los steig ein! Ich will nach Hause. Hab einen Mörderhunger!" Schubste Vicky ihre Freundin in den Bus.

„Hallo ihr beiden! In 5 Minuten gibt es Essen! Ach ja, Serena! Für dich ist heute Post gekommen. Du solltest reinschauen. Sieht wichtig aus!" lächelte Mrs. Cooper wissend.

Schnell stürzten die beiden sich auf den Stapel mit der Post. Nachdem sie alles durchgeforstet hatten hielt Serena einen großen Umschlag vom Collage aus Dallas in der Hand.

„Mach ihn auf!" bettelte Vicky ungeduldig.

„Ich weiß nicht. Ist wahrscheinlich nur eine Absage. Mach du ihn für mich auf!" So schnell konnte Serena nicht schauen, hatte Vicky ihrer Freundin den Umschlag aus der Hand gerissen und ihn geöffnet.

Nach einem kurzen Überblick begann sie laut vorzulesen:

„Sehr geehrte Miss Parker!

Ich freue ich mich Ihnen mitteilen zu dürfen, dass wir Ihnen einen Studiums Platz auf unserem Collage mit vollem Stipendium anbieten. Wir hoffen, dass dieser Brief noch nicht zu spät kommt und Sie sich noch nicht für ein anderes Collage entschieden haben.

Wenn Sie Interesse haben, dann melden Sie sich bitte umgehend bei Mrs. Meyer. Sie erwartet Ihren Anruf!

Mit freundlichen Grüßen
Mrs. Baker
(Direktion)"

Vicky stieß einen Freudenschrei aus und fiel ihrer Freundin um den Hals. Auch Mrs. Cooper konnte sich nicht mehr zurückhalten. Während die beiden Frauen um Serenas Hals hingen, stand diese nur sprachlos da. Was war hier gerade geschehen? Wie konnte es sein, dass sie doch noch ein Stipendium in einem Collage außerhalb von Nashville erhalten hatte?

„Serena! Freust du dich denn nicht?" sah Diana sie besorgt an.

„Doch. Ich bin nur…….etwas überrascht!" stotterte sie und starrte noch immer auf den Brief, den ihr Vicky mittlerweile in die Hand gedrückt hatte.

„Das müssen wir feiern! Vicky hol den Sekt aus dem Kühlschrank. Wir müssen anstoßen! Unsere Kleine hat es geschafft!" schniefte Mrs. Cooper gerührt mit der Nase.

„Mama! Reiß dich zusammen. Sie wird nur studieren und nicht nach Asien auswandern!" Peinlich berührt über ihre Mutter, ging Vicky kopfschüttelnd in die Küche um den Sekt zu holen.

„Alles in Ordnung?" wollte Diana noch einmal wissen.

„Ja. Ja. Ich bin nur durcheinander!"

„Wegen deines Freundes?"

Überrascht sah Serena Vickys Mutter an. Sie brachte kein Wort heraus.

„Woher ich es weiß?" Erahnte diese Serena Frage, die ihr wohl im Gesicht geschrieben stand.

„Ach mein Schatz! Ich kenne dich jetzt schon fast dein ganzes Leben lang! Du bist wie eine Tochter für mich. Natürlich merke ich es, wenn du verliebt bist. Ich hoffe nur, dass du ihn uns irgendwann mal vorstellen wirst und dass er dich nicht von deiner Zukunft abhalten wird."

„Was ist denn jetzt los?" wollte Vicky genervt wissen, als sie die beiden Frauen weinend und eng umschlungen mitten im Wohnzimmer vorfand.

„Alles in Ordnung! Es ist niemand gestorben. Aber Serena und ich hatten gerade so etwas wie ein Mutter-Tochter-Gespräch."

„Gut. Dann habe ich ja wirklich nichts verpasst! Los jetzt! Lasst uns anstoßen!"

Kapitel 17:

Nervös schloss Serena die Tür zu ihrem Haus auf. Die Unterlagen für das Collage hielt sie fest in der Hand. Sie hatte keine Ahnung wie Mark über diese Nachricht reagieren würde.

„Serena? Bist du es?" rief er ihr aus der Küche entgegen.

„Ja. Ich bin es!" rief sie zurück und zog sich gerade ihre Schuhe als er aus der Küche lief und ihr einen Löffel vor den Mund hielt.

„Probier mal! Ich denke, ich habe mich mit diesem Ragout selbst übertroffen!" grinste er stolz.

„Schmeckt gut!" meinte Serena nachdem sie die Kostprobe gegessen hatte.

„Dann komm. Das Essen ist gleich fertig!"

Mit einem komischen Gefühl ging sie hinter ihrem Freund in die Küche. Sie hatte keine Ahnung wann der passende Moment war, um so eine Bombe platzen zu lassen.

„Was hast du da in der Hand?" fragte Mark in diesem Moment.

Nachdem sie einmal gut durchgeatmet hatte, hielt sie ihm die Unterlagen hin.

Während er sich alles gut durchlas, herrschte eine drückende Stille und Serena brauchte unbedingt frische Luft. Also ging sie hinaus in den Garten um dort auf ihn zu warten.

Kurz darauf stellte er sich neben sie und beide starrten in die Blumenbeete, die sie gemeinsam angelegt hatten.

„Wirst du es annehmen?"

„Ich weiß es nicht. Es war schon immer mein Traum diese Stadt eines Tages für einige Zeit verlassen zu können. Jetzt weiß ich aber nicht, ob das immer noch mein Traum ist." Traurig sah Serena zu Boden.

Sie war völlig hin und hergerissen.

„Dann mach es. Lass dich nicht von mir oder sonst jemanden davon abhalten. Wir wissen beide, dass du mir es eines Tages übel nehmen würdest, wenn du wegen mir hiergeblieben wärst."

„Meinst du das wirklich ernst?"

„Ja. Geh nach Dallas und genieße das Leben einer Studentin! Ich freue mich für dich und ich werde hier auf dich warten! Versprochen. Ich werde nirgends hingehen. Jemand muss sich doch um das Haus kümmern." Lächelte Mark sie aufmunternd an, obwohl es ihn innerlich zerriss. Tief in seinem Herzen wusste er, dass er nicht von ihr getrennt werden wollte. Aber er konnte und durfte ihr nicht im Weg stehen.

„Außerdem haben wir doch noch den Sommer vor uns! Wir werden jede Minute so gut es geht zusammen genießen. Nichts und niemand wird uns davon abhalten können!"

Nun standen Serena endgültig Tränen in den Augen.

„Was ist los?" wollte Mark besorgt wissen.

„Du solltest den nächsten Zettel lesen." Flüsterte sie traurig.

„Sehr geehrte Miss Parker!

Anbei sende ich Ihnen Unterlagen zu unseren Trainingsplan, der bereits am 10. Juli beginnt.

Wir hoffen, dass sie sich dazu entschließen daran teilzunehmen."

„Willst du da hin?" stellte er erneut die Frage.

„Keine Ahnung. Es wäre sicher nicht schlecht. Vor allem, weil ich jetzt schon über drei Monate nicht mehr trainiert habe." Überlegte sie vor sich hin.

„ICH trainiere dich einfach den ganzen Sommer! Du wirst schon sehen! Ich bringe dich in Form! Besser als die es könnten!" Nun konnte Mark seine Verzweiflung nicht völlig leugnen.

Er wusste, dass er ihr das Collage nicht ausreden durfte, aber den Sommer wollte er sich noch für sie beide bewahren.

Schließlich konnte er nicht wissen, ob sie sich am Collage nicht einen Jüngeren fand und nichts mehr von ihm wissen wollte.

Wenigstens die Erinnerungen an einen fantastischen Sommer, wollte er egoistischer Weise für sich haben.

„Gut. Ich überlege es mir. Schließlich habe ich für die Sommerkurse noch drei Wochen Zeit." Versprach Serena ihrem Freund und schmiegte sich an ihm. Am liebsten hätte sie ihn nie wieder losgelassen. Aber mittlerweile wusste auch sie, dass sie diese Chance nicht ablehnen konnte. Es war nur noch eine Frage ob sie früher oder später fahren sollte.

„Komm. Lass uns essen! Ich will ja nicht umsonst gekocht haben."

„Es riecht köstlich!"

„Das will ich auch hoffen! Ich habe mir wirklich Mühe gegeben." Grinste er und stellte ihre gefüllten Teller auf den Tisch.

„Guten Appetit, meine Liebe!"

„Danke. Dir auch! Und danke fürs Kochen!"

„Für dich jederzeit wieder!" Prostete er ihr mit einem Glas Rotwein zu, dass sie nur zu gern erwiderte.

Den restlichen Abend herrschte eine eigenartige Stimmung zwischen ihnen. Keiner wollte das Thema Collage noch einmal ansprechen. Jedoch hing es wie ein Damoklesschwert über ihnen.

„Hättest du Lust auf eine DVD?" wollte er nach dem Essen wissen.

„Wärst du mir sehr böse, wenn ich heute früher nach Hause fahre? Ich bin hundemüde und muss das alles erst noch so richtig verkraften." Lächelte sie ihn müde an.

„Natürlich bin ich dir nicht böse. Schlaf jetzt mal über alles und morgen wirst du wissen, wie du dich entscheiden wirst!" Versuchte er stark zu sein.

Nach einem zärtlichen Kuss verließ sie das Haus und fuhr nach Hause.

„Du bist schon zu Hause?" Verwundert starrte Vicky auf ihre Uhr.

„Ja. Ich bin hundemüde. Ich gehe gleich schlafen. Bis morgen!"

„Ist alles in Ordnung?" rief ihre Freundin hinterher.

„Ja. Ja. Alles okay! Mach dir keine Sorgen. Ich bin nur müde." Versicherte Serena ihr und schloss hinter sich die Tür.

Wie sollte es jetzt weitergehen? Würden Mark und sie nun eine Fernbeziehung führen? Wollten sie das überhaupt? Wollte sie eigentlich wirklich von ihm getrennt sein?

So viele Fragen brachen über ihr zusammen und sie hatte keine Antworten auf sie.

Also beschloss sie erstmals sich niederzulegen und darüber zu schlafen. Morgen Früh konnte sie immer noch weiter grübeln.

Mitten in der Nacht wachte Serena schweißgebadet auf. Sie hatte einen Alptraum, bei dem ihre Mutter eine sehr große Rolle spielte.

Obwohl sie sich nicht mehr an alle Details ihres Traumes erinnerte, konnte sie die Worte ihrer Mutter nicht vergessen. „Er ist nichts für dich! Eure Liebe ist verflucht und zum Scheitern verurteilt! Er wird dir nur weh tun! Alleine bist du besser dran!"

Atemlos stieg sie aus dem Bett und ging zum Fenster. Es war eine Vollmondnacht und sie konnte den Garten der Coopers im hellen Licht des Mondes betrachten.

Warum musste sie ausgerechnet jetzt so etwas träumen? Sie war sowieso schon verunsichert, da konnte sie so einen Traum nun wirklich nicht gebrauchen!

Immer wieder hörte sie die Worte ihrer Mutter.

Hatte sie vielleicht recht? Wenn sie nach Dallas ging, würden sie sich nur noch selten sehen. Hielt ihre Liebe das aus?

Sie wollte nicht mehr darüber nachdenken. Sie wollte einfach nur schlafen! Doch sie wusste, dass sie nicht mehr einschlafen konnte. Sie hatte Angst davor, noch einmal von ihrer Mutter zu träumen.

Ein Blick auf die Uhr zeigte ihr, dass es bereits 5 Uhr morgens war. In zwei Stunden würde sie sowieso aufstehen.

Resigniert ging sie in ihr kleines Bad, dass sie sich mit Vicky teilte und stellte sich unter die Dusche.

Wenig später ging sie in die Küche um sich einen Tee zu kochen.

Mit der heißen Tasse in der Hand, ging sie hinaus in den Garten und setzte sich auf die Hollywoodschaukel. Sie genoss die Ruhe und hatte das Gefühl, dass sie wieder freier atmen konnte. So sollte es immer sein! Die Zufriedenheit, die sie gerade verspürte, während die Sonne immer höher wanderte, beruhigte sie.

„Guten Morgen!" hörte sie Vickys Mutter hinter sich.

„Morgen!"

„Bist du schon lange wach?"

„Keine Ahnung." Log Serena. „Ich hatte nur große Lust mal ein wenig allein zu sein."

„Geht es dir gut?" wollte Diana wissen und setzte sich zu der Schwimmerin.

„Ja. Denke schon. Mir geht nur im Moment zu viel durch den Kopf."

„Wenn ich dir bei irgendetwas helfen kann, dann sag Bescheid."

„Danke. Aber da möchte ich allein durch. Obwohl. Wäre es für euch in Ordnung, wenn ich ein paar Tage wegfahre? Im Moment habe ich das Gefühl zu ersticken. Ich würde gern raus hier. Wenigstens für ein paar Tage."

„Warum nicht? Das ist eine gute Idee. Es könnte dir sicher guttun. Außerdem sind die Prüfungen schon vorbei und in der Schule wirst du jetzt wohl kaum etwas verpassen." Ermutigte Mrs. Cooper ihre Leihtochter.

„Danke. Vielleicht fahre ich schon heute, oder erst morgen. Ich sag dir auf jeden Fall Bescheid, wenn es los geht."

„Mach das! So, ich mache jetzt erst mal Frühstück? Irgendwelche besonderen Wünsche?" wollte Diana wissen, während sie wieder aufstand.

„Nein, danke. Ich fahr noch rasch wohin. Hab was zu erledigen."

„In Ordnung. Ich wünsch dir einen schönen Tag!" Liebevoll strich sie dem Mädchen über den Kopf und gab ihr einen Kuss auf die Stirn. „Hab dich lieb, Kleines!"

„Ich dich auch!" flüsterte sie dankbar.

Nachdem Diana wieder im Haus verschwunden war, ging Serena zu ihrem Wagen und fuhr los. Sie wollte Mark unbedingt noch erwischen, bevor er zur Schule fuhr.

„Mark? Bist du schon wach?" rief sie, nachdem sie das Haus betreten hatte.

„Ich bin hier!" rief er aus dem Badezimmer.

Als sie dieses betrat, stockte ihr der Atem. Mark stand nur mit einem Handtuch bekleidet vor ihr. Offensichtlich hatte er gerade geduscht.

„Hey! Das ist eine Überraschung! Was machst du hier?" freute er sich und kam auf sie zu.

Serena brachte jedoch keinen Ton heraus, während sie noch immer seinen nackten und durchtrainierten Körper anstarrte.

Da es in der letzten Zeit sehr chaotisch war und sie ständig mitlernen beschäftigt war, hatten sie schon länger nicht mehr miteinander geschlafen. Was ihr erst jetzt auffiel.

„Alles in Ordnung?" wollte Mark wissen, der Serena interessiert beobachtete.

„Was?.....Ja. Ich war…… nur….abgelenkt!" stotterte sie und starrte ihn noch immer an.

„So? Abgelenkt? Und wovon?" grinste er verschmitzt und kam ihr immer näher.

Serena konnte keinen klaren Gedanken mehr fassen. Warum war sie nochmal hier? Sie wusste es nicht mehr. Ihr Kopf war plötzlich völlig leer. Einzig allein ihr Instinkt funktionierte noch, als sie nach seinem Handtuch griff und es ihm von den Hüften zog.

Überrascht zog Mark die Luft ein und auch Serenas stockte der Atem bei seinem Anblick.

Die beiden brauchten keine Worte um sich zu verständigen. Ein einziger Blick von ihr reichte, und er begann sie leidenschaftlich zu küssen.

Der letzte Sex war schon einige Zeit her und wie zwei Ertrinkende klammerten sie sich aneinander und küssten und berührten sich mit einer Leidenschaft, die nur so aus ihnen hinaus sprudelte.

So schnell er konnte, half er Serena aus ihren Klamotten raus. Er konnte es kaum erwarten, sie überall berühren zu dürfen.

„Mark!" hauchte sie immer wieder seinen Namen, während seine Hände und Lippen über ihren Körper fuhren.

Immer noch standen sie mitten im Badezimmer und keiner von ihnen hatte große Lust ihre Leidenschaft für einen Moment zu unterbrechen, nur um den Raum zu wechseln.

Langsam drehte Mark sie um, sodass sie mit dem Rücken zu ihm stand und das Gesicht dem Spiegel zuwandte.

Es erregte sie beide nur noch mehr als sie sich im Spiegel beobachteten, während Marks Hand ihren Bauch hinunterglitt und schließlich zu ihrer Mitte glitt. Zusehen, wie Serena unter seinen Berührungen anfing zu zittern, erregte ihn immer mehr und mehr.

„Mark! Nimm mich!" flüsterte sie voller Ekstase. Ohne zu zögern, kam er ihrer Aufforderung nach und drang von hinten in sie ein. Dabei ließ er sie nie aus den Augen. Es war wundervoll zusehen, wie erregt Serena vor ihm stand und was seine Berührungen mit ihr anstellten.

„Fester!" bettelte sie, während er sich eigentlich noch Zeit lassen wollte. Schließlich verlor auch er seine Beherrschung und begann immer wieder in sie einzudringen. So tief und fest er konnte.

Serena stöhnte laut auf und genoss es von ihm von hinten genommen zu werden, während seine Hand sie vorne streichelte und sie dem Höhepunkt immer näherbrachte.

Wie gewohnt verfielen die beiden in ihrem gemeinsamen Rhythmus, sodass sie am Ende zeitgleich den Orgasmus erreichten.

„Wow. Du solltest öfters in der Früh vorbeikommen!" Schwer atmend war er immer noch etwas über sie gebeugt und hielt sich an dem Waschbecken vor ihnen fest.

„Ja. So kann der Tag beginnen." Stimmte Serena ebenfalls schwer atmend zu.

Ein paar Minuten standen sie einfach engumschlungen zusammen und versuchten gemeinsam wieder zu Verstand zu kommen.

„Komm. Lass uns ins Wohnzimmer gehen!" schlug er vor und sammelte ihre Kleidung auf.

„Was verschafft mir diese unerwartete Ehre, dich schon so zeitig in der Früh zu sehen?" wollte er wissen, nachdem sie wieder beide angezogen und er ihnen Kaffee gemacht hatte.

„Ich musste mit dir reden. Ich wollte dich fragen, ob du mit mir ein paar Tage von hier abhauen willst. Einfach irgendwohin. Egal wo. Soweit uns das Auto bringt." Hoffnungsvoll sah sie ihn an.

„Du weißt, dass ich mit dir überall hingehen würde. Ich würde sofort meinen Koffer packen und mit dir wegfahren, aber ich habe diese Woche noch ein paar Abschlussprüfungen und außerdem ist morgen der Scheidungstermin. Den muss ich wahrhaben. Es tut mir leid! Außerdem fahren wir nächste Woche am Abschlussballwochenende sowieso weg." Man sah Mark an, dass er schwer mit sich rang. Er wäre so gerne mit Serena weggefahren.

„Macht ja nichts. Ein Versuch war es wert." Etwas enttäuscht stellte sie ihren Kaffee auf den Wohnzimmertisch und stand von der Couch auf.

„Wo willst du hin?"

„Ich muss los. Ich sollte meinen Rucksack noch holen, bevor ich zur Schule fahre. Wir sehen uns später." Mit einem raschen Kuss verabschiedete sie sich von ihm und ließ ihn verdutzt auf der Couch zurück.

Nachdem sie in ihr Auto gestiegen war, starrte sie gedankenverloren vor sich hin. Warum war sie bloß so unzufrieden mit ihrem Leben? Sie hatte doch eigentlich alles, was sie sich wünschte!

Plötzlich fiel es ihr wie Schuppen von den Augen. Sie musste hier weg! Sie würden das Sommertraining machen. Vielleicht tat es ihr gut, von hier wegzugehen, auch wenn sie Mark nicht verlieren wollte. Irgendwie würden sie es schon schaffen.

Kapitel 18:

Ein paar Tage später hatten sie es endlich geschafft. Vicky und Serena hielten ihre Abschlusszeugnisse in der Hand!

„Ich bin so stolz auf euch!" rief Mrs. Cooper, während sie ein Foto nach dem anderen von den beiden Mädchen schoss.

„Mama! Es reicht jetzt! Du hast uns oft genug fotografiert! Ich komme mir ja schon wie ein Supermodel vor!" versuchte Vicky ihre Mutter zu stoppen.

„Wenn du mal Kinder hast, dann wirst du wissen, wie wundervoll es als Mutter ist, ihre Tochter bei jedem wichtigen Ereignis zu fotografieren!" lächelte Diana milde und schoss noch einen letzten Schnappschuss.

„Können wir essen fahren? Ich habe schon Hunger!" mischte sich nun auch Mr. Cooper ein, der seine Tochter von ihrer Mutter und deren Fotoapparat schützen wollte.

„Ja. Eines noch, dann fahren wir!"

„Nein! Das war das letzte Foto!" Mit diesen Worten lief Vicky aus dem Bild und Serena sah ihr grinsend nach.

Zwar konnte sie ihre Freundin verstehen, aber andererseits beneidete sie sie auch. So ein Verhältnis hatte sie nie zu ihrer Mutter gehabt. Vicky sollte froh sein, so eine Mutter zu haben!

Plötzlich klingelte Serenas Handy und riss sie damit aus ihren Gedanken.

„Parker?" hob diese freundlich ab.

„Guten Tag, Miss Parker. Hier spricht Direktorin Baker aus Dallas. Es tut mir leid, wenn ich Sie störe. Aber es ist wichtig."

„Kein Problem. Was kann ich für Sie tun?"

„Es gab einen kleinen Fehler, in den Unterlagen, die wir Ihnen und auch anderen zugesendet haben. Der Plan für das Schwimmtraining wurde falsch ausgedruckt. Das Training beginnt nicht erst in zwei Wochen, sondern bereits kommenden Montag! Ist das ein Problem für Sie?"

Kommenden Montag? Serena stand wie erstarrt mitten in der Menschenmenge. Aber sie wollte mit Mark eine Woche wegfahren! Wenn sie jetzt nach Dallas fuhr, hatten sie kaum noch Zeit füreinander. Immerhin war das schon in drei Tagen.

„Miss Parker? Sind sie noch dran?" riss die Direktorin sie aus ihren Gedanken.

„Was? Ja, bin ich."

„Ist das ein Problem für Sie, wenn Sie eine Woche früher anfangen?"

„Nein. Nein. Ich muss nur einiges noch regeln. Ich versuche es pünktlich zu schaffen!" versicherte sie Mrs. Backer.

„Gut. Dann sehen wir uns am Montag! Ich freue mich Sie kennen zu lernen! Ich habe schon sehr viel Gutes von Ihnen gehört!" Mit diesen Worten beendete die Frau das Telefonat.

Immer noch mit dem Handy in der Hand starrte Serena ins Leere.

Was sollte sie jetzt tun? Wie würde Mark reagieren? Und von wem hatte Mrs. Baker schon sehr viel Gutes von ihr gehört?

Zu viele Fragen schwirrten ihr durch den Kopf.

„Serena? Alles in Ordnung?" wollte nun Mrs. Cooper besorgt wissen, die sie die ganze Zeit nicht aus den Augen gelassen hatte.

„Ja. Nein. Ich weiß es nicht. Das war gerade die Direktorin vom Collage. Es gab einen Fehler. Das Sommertraining beginnt bereits kommenden Montag. Nicht erst in zwei Wochen."

„Was? So schnell? Aber du wolltest doch noch wegfahren!"

„Ich weiß, dass muss ich dann wohl auf ein anderes Mal verschieben." Seufzte Serena resigniert und traurig zugleich.

„Und was ist mit deinem Freund?" bohrte Diana nach.

„Keine Ahnung. Aber wir schaffen das schon!" versuchte Serena optimistisch zu bleiben, obwohl es innerlich in ihr anders aussah.

„Diana? Kann ich das Essen ausfallen lassen? Ich würde gerne einiges noch erledigen."

„Natürlich! Das verstehe ich doch! Sehen wir uns heute Abend?"

„Ich weiß nicht. Vielleicht schlafe ich auch auswärts." Lächelte Serena verlegen und sah zu, dass sie von Vickys Mutter wegkam. So ein

Gespräch wollte sie mit Diana sicher nicht führen.

Suchend begann sie über das Schulgelände zu laufen. Wo war er nur? Mark musste doch hier irgendwo sein!

Schließlich sah sie ihn neben der Direktorin stehen. Auch wenn sie jetzt offiziell ein Paar sein durften, so schnell wollte Serena es dann doch nicht bekannt geben, also begann sie ihm Zeichen zu geben, dass sie sich hinter der Schule treffen sollten.

Zustimmend nickte er ihr kurz zu und sprach dann mit Mrs. Brightman weiter. Währenddessen ging Serena vor und wartete hinter der Schule unter der Zuschauertribüne auf ihn.

„Alles in Ordnung?" wollte er sofort wissen, als er ein paar Minuten später nachgekommen war.

„Nein. Nicht wirklich. Könnten wir nach Hause fahren? Du musst mich aber mitnehmen, weil ich ja mit den Coopers mitgefahren bin." Bat sie ihn.

„Kein Problem. Was ist denn passiert?"

„Nicht hier. Reden wir zu Hause, okay?"

„Na gut. Dann lass uns gehen."

So schnell sie konnten gingen sie über den großen Parkplatz zu Marks Wagen. Dabei wurden sie von einzelnen Mitschülern beobachtet, aber jetzt konnte es ihnen wirklich egal sein. Serena war nicht mehr seine Schülerin und er auch nicht mehr verheiratet.

„So. Und jetzt erzählst du mir, was los ist!" Wollte er wissen, bevor er sich mit zwei Gläsern Wasser wieder auf die Couch setzte und sie auf den Tisch vor ihnen abstellte.

„Die Direktorin vom Collage hat mich vorhin angerufen. Es gab einen kleinen Fehler bei den Unterlagen, die sie mir zugeschickt haben. Das Training beginnt nicht erst in zwei Wochen, sondern bereits kommenden Montag." Ließ Serena die Bombe platzen.

Entsetzt und wortlos starrte Mark sie an. Er konnte nicht fassen, was er soeben gehört hatte. Drei Tage? Sie hatten nur noch drei Tage?

Ohne ein Wort stand er auf ging zur Terrassentür um in den Garten zu starren.

„Mark? Sag doch was!" bat Serena ihn verzweifelt. Sie konnte spüren, dass er sich gerade von ihr entfernte.

„Du musst gehen. Du musst dein Leben leben. Ich kann dich nicht daran hindern, nicht dorthin zu gehen. Es ist ein wichtiger Teil deines Lebens und du solltest diese Erfahrungen machen dürfen."

„Und was ist mit uns?" flüsterte sie traurig.

„Keine Ahnung." Gestand er ohne sie anzusehen.

„Was meinst du mit: „keine Ahnung"? Wir sind doch immer noch zusammen, oder etwa nicht? Wir werden das schon schaffen!"

„Ich will dir nicht im Weg stehen. Was ist, wenn du dort jemand kennen lernst. Du solltest nicht vergessen zu leben, nur weil ich hier auf dich warte."

„Aber ich will niemand anderen. Ich liebe dich und sonst niemanden. Nur weil ich aufs Collage gehe, heißt das nicht, dass wir jetzt Schluss machen müssen." Wurde Serena etwas lauter.

Nach einem kurzen Zögern, drehte er sich zu ihr um. „Du solltest gehen. Fühl dich frei dein neues Leben in Dallas zu genießen. Ich werde hier auf dich warten. Wenn du mich nach dem Collage immer noch liebst, dann werde ich hier sein. Versprochen!"

Er wollte sie noch einmal in die Arme nehmen, doch Serena wich ihm verletzt aus. „Lass das!" zischte sie. „Nur weil es kompliziert wird, wirfst du alles hin? Wir haben jetzt schon so viel durchgestanden. Diese ganze Heimlichtuerei! Und nur weil ich jetzt aufs Collage gehe, soll alles vorbei sein? Das verstehe wer wolle. Ich tu es jedenfalls nicht." Schrie Serena ihn an und verließ wütend das Haus.

So schnell sie ihre Beine tragen konnten, rannte sie quer durch die Stadt. Sie wollte nur noch weg von ihm. Dieser Mistkerl hatte sie einfach nicht verdient.

„Und du bist dir sicher, dass du das tun willst?" Fragte Vicky ihre Freundin am Abend, während diese ihre Koffer packte.

„Ja. Bin ich. Ich fliege noch heute nach Dallas. Ich will endlich weg von hier. Hier hält mich nichts mehr!" zischte Serena genervt.

„Und was ist mit mir?" flüsterte Vicky traurig.

Serena hielt in ihrer Bewegung inne und starrte ihre Freundin an.

„Natürlich wirst du mir fehlen! Wir bleiben in Kontakt und telefonieren jeden Tag! Versprochen! Aber ich muss hier endlich raus. Weg von allem was mich an meine Mutter, an Mark und an all die negativen Dinge erinnert. Bitte versteh das."

„Klar verstehe ich dich! Es geht nur gerade alles so schnell!"

„Ich danke dir für alles!" lächelte Serena, während sie ihren letzten Koffer schloss.

„Willst du nicht nochmal mit ihm sprechen?" versuchte Vicky ihre Freundin noch einmal umzustimmen.

„Nein. Er hat seinen Standpunkt klar geäußert. Endlich wären wir frei von all der Geheimnistuerei und er macht Schluss! Ich will ihn im Moment nicht mehr sehen." Blieb Serena stur und schnappte sich ihre Koffer um sie hinunter zu tragen.

In der Küche wartete bereits Mrs. Cooper und sah sie besorgt an.

„Alles in Ordnung? Warum willst du so plötzlich so schnell aufbrechen?"

„Ich freue mich schon so auf das Collage. Ich möchte so schnell wie möglich dort anfangen!" Log Serena, obwohl sie wusste, dass Diana sie sowieso durchschaute.

„Na gut. Wie ich sehe, kann dich niemand überreden zu bleiben. Zumindest noch bis Sonntag. Aber zum Flughafen dürfen wir dich noch fahren. Keine Wiederrede!"

Dankbar darüber, dass sie nicht länger nachbohrte, nickte Serena ihr zustimmend zu. Sie hatte dieser Frau so viel zu verdanken. Sie liebte sie wirklich wie eine Mutter und das würde sich niemals ändern.

Wenig später standen sie am Flughafen und Serena wurde von der gesamten Familie immer wieder gedrückt und umarmt.

„Ich muss jetzt los!" Schälte sie sich gerade aus Vickys Umarmung.

„Wir telefonieren jeden Tag!" Befahl diese ihrer Freundin schniefend.

„Natürlich machen wir das! Ich bin ja nicht tot, sondern nur in einer anderen Stadt! Wir sehen uns!" Mit diesen Worten drehte sie sich rasch um und verschwand hinter der Absperrung, die zum Flugzeug führte.

Sie atmete einmal tief durch, bevor sie den Flieger betrat. Auf in ein neues Leben!

Kapitel 19:

Es vergingen die Tage und Wochen. Serena hatte sich in ihr neues Leben gut eingewöhnt, obwohl ihr Mark jeden Tag mehr fehlte. Aber sie tat das, was er zu ihr gesagt hatte, sie lebte und genoss ihr neues Leben.

Sie hatte jeden Tag einen geregelten Ablauf. Am Vormittag Kurs, am Nachmittag Training und am Abend ein langes Telefonat mit Vicky, das hin und wieder von deren Mutter unterbrochen wurde. Sie genoss es mit ihrer Freundin zu quatschen. Es gab nur ein Thema aber das sie mit niemanden reden wollte und das war Mark

Porter. Es tat schon weh an ihn zu denken, geschweige denn zu sprechen.

Trotzdem ließ Serena sich nicht unterkriegen. Sie versuchte so gut ihr neues Leben zu genießen.

Mittlerweile traf sie sich auch regelmäßig mit dem Bürgermeister und seiner Frau. Die beiden waren ihr sehr ans Herz gewachsen, vor allem seit sie erfahren hatte, dass Mr. Whiteman seine Finger im Spiel gehabt hatte, warum sie jetzt in Dallas studieren konnte.

Dafür war sie dem alten Mann unendlich dankbar.

Auch seine Frau, Rose, war eine bezaubernde Frau, die Serena sofort ins Herz geschlossen hatte. Sie wurde wie eine Enkelin behandelt und sie genoss jeden Moment mit ihnen.

Durch die zwei fühlte sie sich in Dallas mittlerweile zu Hause und dafür war sie den beiden sehr dankbar.

Das einzige was ihr noch fehlte, waren ein paar Freunde auf dem Collage. Da sie ständig am Lernen oder Trainieren war, hatte sie kaum Zeit jemanden kennen zu lernen. Aber sie war sich sicher, dass sich das auch noch von selbst regeln würde. Schließlich war sie noch nicht lange hier und im Sommer waren auch weniger Studenten am Collage. Es würde sich sicher ab Herbst einiges ändern. Hoffte sie zumindest.

Eines Tages stand Serena am Flughafen und sah sich unruhig um. Wo blieb sie nur? Vicky hatte sie am Vortag überrascht, indem sie ihren Besuch angekündigt hatte.

„Was? Du kommst?" hatte sich Serena gefreut.

„Klar! ICH habe ja noch Ferien. Außerdem will ich sehen, wie du so lebst."

Serena konnte es kaum abwarten.

Endlich entdeckte sie ihre Freundin mitten in der Menge und die beiden fielen sich lachend um den Hals. Es war so schön, sie wiederzusehen.

„Komm! Lass uns deinen Koffer holen und dann zeig ich dir mal mein Zimmer und den Campus."

„Gern! Ich freue mich darauf!"

Arm in Arm schlenderten die beiden aus dem Flughafen und nahmen sich ein Taxi in die Innenstadt.

„Das ist das Collage? Das ist ja ein Schloss und kein Campus!" Meinte Vicky verblüfft, als sie vor dem alten Gebäude standen.

„Nicht schlecht, oder? Aber warte, bis du die alte Bibliothek siehst! Du denkst wirklich, du wärst ins Mittelalter verfrachtet worden!" grinste Serena verständnisvoll. Sie hatte am Anfang auch immer das Gebäude ehrfürchtig angestarrt. Mittlerweile hatte sie sich daran gewöhnt.

Nach einer kleinen Führung auf dem Campus und in ihrem Zimmer, saßen die beiden Freundinnen in einem kleinen Café, das Serena bereits zu ihrem Lieblingsort auserkoren hatte.

„Wie geht es deinen Eltern? Was gibt es Neues in Nashville" wollte die Schwimmerin wissen, nachdem die Kellnerin ihnen den Kaffee serviert hatte.

„Es geht ihnen gut und Nashville auch. Bei uns ist es vielleicht sogar noch heißer als hier. Der See wird im Moment überrannt von Menschen, die sich abkühlen möchten. Deswegen haben meine Eltern beschlossen sich einen Pool zuzulegen. Sie hassen diese Massenansammlungen am See."

„Einen Pool? Das ist doch klasse!"

„Ja. Finde ich auch. Du musst unbedingt zur ersten Pooleinweihung kommen!" befahl Vicky ihrer Freundin.

„Versprochen. Das mache ich! Und sonst so? Gibt es irgendwelche Neuigkeiten?"

Vicky sah ihre Freundin lächelnd an. „Du meinst Mark?"

„Was? Nein! Er ist mir egal!" wehrte Serena brüskiert ab.

„Warum glaube ich dir nicht? Ich kenne dich schon mein ganzes Leben. Mir machst du nichts vor. Ich sehe doch, dass es dir nicht gut geht! Mein Gott, du hast so viel abgenommen, dass ich dich kaum erkannt hätte!"

„Das liegt nur am Training. Ich habe sehr viel zu tun. Das ist alles."

„Na klar! Du hattest das vergangene Jahr auch sehr viel Training. Vor allem vor der Jungendmeisterschaft. Aber so dünn warst du noch nie! Wenn Mama das sehen würde, dann würde sie dich mit Essen vollstopfen bis du platzt!" Blieb Vicky stur.

„Du brauchst dir wirklich keine Sorgen zu machen. Es geht mir gut! Ich liebe es hier zu leben!" versuchte sie ihre Freundin zu überzeugen. Doch leider kannte diese sie zu gut um ihr auch nur ein Wort zu glauben.

„Du leidest. Das sehe ich dir doch an! Aber keine Angst. Ihm geht es nicht anders."

„Wie meinst du das?" War Serena nun neugierig geworden.

„So wie ich es gesagt habe. Er wandelt ebenfalls wie ein Toter durch die Gegend. Ach ja! Meine Eltern wissen übrigens über euch Bescheid! Aber keine Panik sie gehen cool damit um."

Entsetzt starrte sie Vicky an. „Wie haben sie es herausgefunden?"

„Als du so schnell davon gelaufen bist um auf das Collage zu gehen, stand Mark am nächsten Tag vor unserer Tür. Er hat wie ein verprügelter Hund gefragt, ob du da bist. Mama hat dann eins und eins zusammengezählt."

„Was hat er gewollt?"

„Keine Ahnung. Mama hat ihm gesagt, dass du schon nach Dallas gegangen bist und er ist wieder verschwunden. Mehr weiß ich auch nicht."

„Warum hast du mir nicht schon am Telefon davon erzählt?"

„Weil du mir verboten hast, über ihn zu sprechen! Schon vergessen?" konterte ihre Freundin.

„Ja. Tut mir leid. Du hast ja recht. Ich wollte nichts mehr von ihm hören." Flüsterte Serena traurig. „Trotzdem würde ich gerne wissen, was er wollte, als er bei euch war."

„Frag ihn doch!"

„Spinnst du. Sicher nicht. Er hat schließlich mit mir Schluss gemacht. Ich werde einen Teufel tun und ihm nachlaufen!" blieb Serena stur.

„Dann wirst du wohl damit leben müssen, nie zu wissen, was er von dir wollte!"

Vicky warf ihrer Freundin einen wissenden Blick zu. Sie wusste, dass Serena so nicht lange durchhalten würde und wenn es soweit war, dann würde sie für sie da sein.

Den restlichen Tag quatschten die beiden Freundinnen über alles Mögliche, nur das Thema Mark wurde vermieden.

Serena zeigte Vicky ihre Lieblingsplätze und am Abend gingen sie in das kleine Restaurant, in dem sie schon einmal mit Mark gewesen war. Es zog sie einfach immer wieder magisch dorthin.

So vergingen die Tage wie im Flug und schließlich rückte der Abflug von Vicky immer näher.

„Schade, dass du schon wieder nach Hause musst! Es war schön dich um mich zu haben!" lächelte Serena traurig.

„Tut mir leid. Aber auch für mich fängt bald das Collageleben an. Ich muss nach Hause. Ich muss noch vieles besorgen, bevor es losgeht! Aber zu Thanksgiving kommst du hoffentlich nach Hause und dann sehen wir uns ja wieder!"

„Versprochen! Lass mir deine Eltern schön grüßen und gib ihnen einen dicken Kuss!" befahl sie ihrer Freundin, bevor sie sie noch einmal fest drückte.

„Mach ich! Wir telefonieren!" Mit diesen Worten verschwand Vicky in der Menge und Serena starrte ihr einsam hinterher.

Sie hatte die letzten Tage so sehr genossen. Am liebsten hätte sie ihre Freundin dagelassen. Es war schön, jemanden zum reden zu haben.
Seufzend raffte sie ihre Schulter und verließ den Flughafen.

Da sie sich jeden Tag mit reichlich Arbeit und Training überschüttete, verging für Serena die Tage wie im Flug. Gerade eben war noch Sommer gewesen und schon stand Thanksgiving vor der Tür.
Voller Vorfreude stieg sie ins Flugzeug in Richtung Nashville. Sie konnte es kaum abwarten die Familie Cooper wieder in die Arme zu schließen. Sie hatte sie sehr vermisst.
„Serena!" Wurde sie jubelnd von Vicky und ihrer Mutter am Flughafen begrüßt. Nachdem die drei Frauen sich ausgiebig umarmt hatten, sah Diana sich die Schwimmerin noch genauer an.
„Sag mal: Isst du nichts, mein Kind? Du siehst ja aus wie eine Bohnenstange! Geben sie dir nichts zu essen?"
„Es geht mir gut! Keine Angst. Ich esse auch ausreichend. Das ist das viele Training. Ich

trainiere bereits für die nächsten Wettkämpfe. Das ist alles!" versuchte sie die Mutter zu beruhigen.

„Aber muss man dabei so viel abnehmen? Du siehst nicht normal aus! Das werden wir in den paar Tagen, die du zu Hause bist, ändern! Jetzt bekommst du mal anständige Nahrung! Kommt! Bill wartet mit dem Wagen draußen vor der Tür."

„Was habe ich dir gesagt?" flüsterte Vicky ihrer Freundin grinsend zu.

Ohne ein Wort grinste Serena zurück. Auch wenn es ihre beste Freundin nervte, für Serena war es herrlich. So hatte sie sich immer eine Mutter vorgestellt!

Wenig später stand Serena in ihrem Zimmer und sah sich um. Es hatte sich nichts verändert. Sie hatten es so gelassen, wie es war. Gerührt darüber bekam sie nasse Augen. Sie vermisste ihr zu Hause und ihre Familie!

„Alles okay? Soll ich dir mit dem Auspacken helfen?" wollte Vicky wissen.

„Nein. Geht schon. Ich komme gleich runter!" Unauffällig wischte sie sich eine einzelne Träne vom Gesicht und drehte sich dann zu ihrer Freundin um.

„Warum heulst du?" fragte diese entsetzt.

„Keine Ahnung. Ich vermisse euch und das alles hier!" schniefte Serena.

„Dann komm wieder zurück. Du kannst genauso gut hier studieren. Nashville hat auch ein gutes Schwimmteam und ein hervorragendes Collage."

„Ich kann nicht." Flüsterte Serena und setzte sich auf ihr Bett.

„Warum kannst du nicht? Es ist ganz einfach! Oder liegt es an Mark?" erriet Vicky die Gedanken ihrer Freundin.

„Vielleicht. Ich kann ihm einfach nicht über den Weg laufen. Es würde mir nur weh tun. In Dallas habe ich wenigstens meine Ruhe! Also vergiss was ich gesagt hab und lass uns diese paar Tage genießen! Außerdem wartet deine Mutter sicher schon mit einem Essen auf uns, so wie ich sie kenne!"

Vicky wusste, dass es jetzt keinen Sinn mehr machte, mit ihrer Freundin über ihre Sorgen weiter zu sprechen. Wenn Serena einmal auf stur geschaltet hatte, dann drang niemand mehr zu ihr durch.

„Gehen wir! Meine Mutter hat es sich zum Ziel gesetzt, dass du mit ein paar Kilo mehr wieder aufs Collage fährst!" grinste Vicky und gemeinsam gingen sie hinunter in die Küche, wo bereits ein reichlich gedeckter Tisch auf sie wartete.

„Ich kann wirklich nicht mehr!" bettelte Serena einige Zeit später, als Diana ihr noch einmal den Teller anfüllen wollte.

„Na gut. Du hast eh brav gegessen. Fürs erste lasse ich dich in Ruhe! Aber tut mir einen Gefallen! Wenn ihr heute Abend weg geht, dann esst unterwegs was Ordentliches!"

„Mama! Wir sind keine 5 mehr!" fuhr sie Vicky genervt an.

„Entschuldigung, wenn ich mir Sorgen mache."

„Ist schon in Ordnung, Diana. Du brauchst dir keine Sorgen um mich zu machen." Lächelte Serena die Frau dankbar an.

„Gut. Dann haut jetzt ab und habt Spaß zusammen!" Mit diesen Worten begann sie den

Tisch abzuräumen und die beiden Freundinnen aus der Küche zu schmeißen.

„Was wollen wir als erstes tun?" fragte Vicky, während sie sich ihre Stiefel und Jacken anzogen.

„Wie wäre es, wenn wir in die Shoppingmall fahren? Schließlich ist bald Weihnachten und wir sollten langsam damit anfangen, Geschenke für deine Eltern zu besorgen." Schlug Serena vor, während sie zum Auto gingen.

„Gute Idee. Zu zweit macht es sowieso mehr Spaß!"

Ein paar Minuten später saßen die beiden in einem Café in der Mall und machten sich Gedanken über diverse Geschenke für Vickys Eltern.

Plötzlich sprang Vicky auf. „Ich muss schnell auf die Toilette!"

„Alles in Ordnung?" wollte Serena besorgt wissen.

„Ja. Ja. Alles okay. Ich muss nur aufs Klo!" Mit diesen Worten, war Vicky verschwunden und Serena sah ihrer Freundin kopfschüttelnd hinterher.

Erst als sie in die andere Richtung sah, wusste sie warum Vicky abgehauen war.

Mark! Er stand wenige Meter von ihr entfernt und starrte sie an. Serena hatte keine Ahnung, was sie jetzt tun sollte, außer ihre Freundin zu verfluchen, die sie jetzt allein gelassen hatte.

Langsam kam Mark auf sie zu und schenkte ihr ein gequältes Lächeln. „Hallo, Serena."

„Hallo." Antwortete sie knapp.

Es trat eine beklemmende Stille ein, in der beide nicht wussten, was sie sagen sollten.

„Bist du über Thanksgiving zu Hause?" versucht er ein Gespräch in Gang zu bringen, doch Serena antwortete nur mit einem kurzen „Ja".

Wieder trat Stille ein.

„Wie geht es dir am Collage?"

„Gut."

Sah es dämlich aus, wenn sie einfach vor ihm davonlief? Aber sie konnte nicht. Sie musste ja auch auf Vicky warten. Sie konnte ihre Freundin nicht einfach hier stehen lassen.

„Hättest du mal Zeit? Wir könnten uns treffen und miteinander reden." Platzte es aus Mark heraus.

„Warum?"

Verlegen starrte er zu Boden. „Weil unser Abschied nicht in Ordnung war. Ich habe Sachen gesagt, die ich vielleicht nicht sagen hätte sollen."

„Was erwartest du jetzt von mir?" wollte sie von ihm wissen.

„Ein paar Minuten deiner Zeit."

„Dann rede."

„Nicht hier. Ich würde gerne mit dir allein sprechen. Darf ich dich heute einladen?" Dabei sah er sie hoffnungsvoll an.

„Natürlich hat sie Zeit! Ich werde dafür sorgen, dass sie pünktlich um 18 Uhr vor deiner Tür steht!" mischte sich Vicky ein, als sie zum Tisch zurückkam.

„Vicky!" rief Serena entsetzt.

„Kein Aber. Ihr braucht beide dieses Gespräch. Egal wie es ausgeht und dafür werde ich jetzt sorgen!" blieb ihre Freundin stur.

„Danke. Dann sehen wir uns später!" lächelte Mark unsicher und ließ die beiden allein.

„Was hast du gemacht? Ich fahr da sicher nicht hin!" zischte Serena Vicky wütend an.

„Und ob du dahinfährst, weil ich dich nämlich fahren werde."

„Aber ich WILL NICHT!"

„Mir egal. Du weißt ganz genau, dass du es tun musst. Schließ endlich damit ab! Und das geht nur mit einem Gespräch. Du wirst schon sehen, danach geht es dir sicher besser!" Aufmunternd lächelte Vicky ihre Freundin an.

Kapitel 20:

Wie unter Trance ging Serena mit ihrer Freundin Geschenke einkaufen. Allerdings konnte sie sich nicht wirklich darauf konzentrieren. Immer wieder wanderten ihre Gedanken zu Mark und dem Treffen, das bald stattfinden würde.

„Du brauchst keine Angst haben. Es wird alles gut!" Versuchte Vicky ihre Freundin aufzumuntern.

Wenig später setzte sie Serena vor ihrem Haus ab. „Viel Glück! Wenn du mich brauchst, ruf an. Ich hol dich dann sofort wieder ab." Meinte sie zuversichtlich und fuhr mit den Einkäufen nach Hause.

Unruhig tigerte sie auf und ab. Irgendwie fand sie nicht den Mut an seine Tür zu klingeln. Vielleicht sollte sie doch nach Hause gehen und das ganze einfach sein lassen.

Gerade als sie gehen wollte, öffnete Mark die Tür. „Willst du gehen?" flüsterte er traurig.

„Keine Ahnung." Verwirrt starrte sie auf den Boden.

„Komm rein. Bitte!" flehte er sie an.

Schließlich nahm sie all ihren Mut zusammen und ging dann an ihm vorbei ins Haus. Dabei atmete sie seinen vertrauten Geruch ein. Am liebsten würde sie sofort wieder verschwinden.

„Du hast gestrichen."

„Ja. Ich hoffe, es gefällt dir."

„Sieht gut aus."

„Danke!"

Wieder setzte eine drückende Stille ein und Serena sah sich unruhig im Wohnzimmer um. Die Farben gefielen ihr. Mark hatte wirklich Geschmack bewiesen.

„Es tut mir leid." Flüsterte er.

Langsam drehte sie sich zu ihm um. „Was meinst du?"

„Alles. So wie wir auseinander gegangen sind. Es war nicht richtig."

Wieder sahen sich die beiden schweigend an.

„Was hast du bei den Coopers gewollt?" platzte Serena fast vor Neugier.

„Wie bitte?"

„Na als ich nach Dallas gegangen bin. Du warst am nächsten Tag bei Vicky zu Hause. Was hast du gewollt?"

„Ich wollte noch einmal mit dir reden. Es tat mir leid, wie es auseinander gegangen ist." Erklärte er ihr und schenkte zwei Gläser ein.

Nachdem er ihr eines gereicht hatte, sah er sie fragend an. „Geht es dir gut?"

„Ja. Warum?"

„Weil es mir nicht gut geht. Ich vermisse dich!"

Das hatte Serena nun nicht erwartet. Was sollte sie darauf antworten?

Sie brauchte auch nicht etwas zu sagen, weil Mark sofort weitersprach.

„Ich habe damals so viel Scheiße geredet. Keine Ahnung was über mich gekommen ist. Ich hätte das alles nicht sagen sollen. Wir hätten es schon schaffen können. Irgendwie hätten wir es geschafft! Aber ich habe mit meiner Dummheit alles kaputt gemacht. Es tut mir so furchtbar leid. Ich weiß, es kommt vielleicht etwas zu spät, aber ich wollte, dass du das weißt."

Langsam begann Serena seine Worte zu verarbeiten. Ein kleiner Hoffnungsschimmer keimte in ihrem Herzen auf.

„Warum hast du mich nie gefragt, ob ich bleiben wollte?"

„Wie bitte?"

„Du hast mich nie darum gebeten zu bleiben. Warum?"

„Weil….Das Collage war doch dein Traum….Ich konnte dir doch nicht im Weg stehen." Antwortete er verdattert.

In Gedanken versunken, nickte sie vor sich hin.

„Wärst du geblieben?"

„Keine Ahnung!" antwortete sie offen und ehrlich.

„Serena? Wärst du geblieben?" bohrte er nach.

Mit Tränen in den Augen sah sie zu ihm und begann langsam mit dem Kopf zu nicken. „Ja." Hauchte sie. „Ich wäre geblieben."

Mit diesen Worten stand sie von der Couch auf und verließ das Haus.

„Serena! Warte!" Kam Mark hinter ihr hergerannt.

„Was? Was willst du noch von mir?" zischte sie wütend.

„Bleib, bitte! Lass uns darüber sprechen! Bitte!"

„Was soll es uns bringen? Ich habe jetzt ein neues Leben in Dallas. Ich bin glücklich dort!" log sie ihn an.

„Wirklich? Bist du wirklich glücklich? Ich nämlich nicht! Ich vermisse dich. Jeden verdammten Tag muss ich an dich denken. Ich kann dir gar nicht sagen, wie oft ich schon am Flughafen stand um zu dir zu fliegen." Brach es aus ihm heraus.

Überrascht wusste sie nicht, was sie sagen sollte.

„Ich liebe dich!" flüsterte Mark und kam langsam auf sie zu.

Leichte Panik stieg in Serena auf. Sie wusste nicht, was sie jetzt tun sollte. Was war das

Vernünftigste? Wollte sie überhaupt vernünftig sein?

Erst als er mit einer Hand zärtlich über eine Wange strich, warf sie alle Bedenken über Board und schlang ihre Arme um seinen Hals.

Sofort setzte die alte Magie ein, die sie schon früher gespürt hatten, wenn sie sich küssten.

Ohne Worte hob er sie hoch und trug sie in sein Haus. Dorthin, wo sie, wenn es nach ihm ging, auch hingehörte. Nämlich in sein Bett.

All die Gefühle, der letzten Wochen brachen aus ihnen heraus. So schnell sie konnten, zogen sie sich gegenseitig aus und ohne langes Vorspiel, drang er sofort in sie ein. Er wollte sie einfach nur spüren. Wollte sich in ihr verlieren.

Mark hatte das Gefühl nach Hause gekommen zu sein. Auch Serena hatte diese Empfindungen. Nirgendwo anders wollte sie sein, außer in seinen Armen und in seinem Bett.

Wie zwei Verhungernde trieben sie sich zum Höhepunkt.

Wenig später lagen sie engumschlungen auf dem Bett. Wie sie es schon früher getan hatte, lag sie mit ihrem Kopf auf seiner Brust und hörte seinem Herzschlag zu, der sich langsam wieder beruhigte.

„Was machen wir jetzt?" wollte er von ihr wissen, während er immer wieder über ihren Kopf streichelte.

„Keine Ahnung."

„Kann es sein, dass du abgenommen hast?" wechselte er das Thema um die Stimmung ein wenig zu lockern.

„Nicht du auch noch! Diana hat mir bereits eine Predigt gehalten. Ihr braucht euch keine Sorgen zu machen. Es geht mir gut. Ich trainiere sehr viel. Das ist alles!"

„Aber du solltest auch deine Ernährung dabei gut unter Kontrolle halten!"

„Ja. Trainer. Ich werde in Zukunft darauf aufpassen." Lachte sie.

Das hatte er vermisst. Dieses Lachen hatte ihm so sehr gefehlt.

„Es bringt nichts, wenn du dich runterhungerst. Du brauchst die Energie beim Schwimmen. Was sagt dein Trainer dazu?"

„Für ihn ist es in Ordnung. Er hat mir noch keine Vorwürfe gemacht."

„Was ist das für ein Trainer? Er sollte besser auf seine Schwimmerin aufpassen!" schimpfte Mark über seinen Kollegen.

Wieder stellte sich eine Stille ein. Aber dieses Mal war sie angenehm. So sehr, dass Serena die Augen zufielen. Sie hatte schon lange nicht mehr gut geschlafen. Aber in seinen Armen war es das Leichteste auf der Welt.

„Guten Morgen!" lächelte Mark, mit einer Tasse Kaffee in der Hand.

„Wo bin ich? Wie spät ist es?" Sah sich Serena verwirrt um.

„Du bist zu Hause und es ist 9 Uhr. Hier. Ich habe uns schon mal Kaffee gekocht." Er hielt ihr die Tasse hin.

„Habe ich durchgeschlafen? Das tut mir leid. Ich war so müde."

„Du brauchst dich nicht zu entschuldigen. Ich habe jede Minute mit dir in meinem Arm sehr genossen."

„Ich muss die Coopers anrufen! Sie machen sich sicher schon Sorgen." Erschrocken sprang sie aus dem Bett.

„Ich habe Mrs. Cooper gestern Abend noch angerufen und sie informiert. Mach dir keine Gedanken. Es ist alles in Ordnung." Sanft drückte er sie wieder zurück aufs Bett.

Nachdem sie ein paar Schlucke genommen hatte, sah sie ihm ernst ins Gesicht. „Wie geht es jetzt weiter?"

„Wie immer du willst! Ich werde einen Teufel tun und dich noch einmal gehen zu lassen. Selbst wenn du wieder nach Dallas gehst, werde ich im Herzen bei dir sein. Wir werden dann einfach jeden Tag sooft telefonieren, wie es nur geht. Das schaffen wir schon!" lächelte er sie zuversichtlich an.

„Kriegen wir das hin?" Immer noch hatte sie ihre Zweifel.

„Ja. Versprochen. Du entscheidest wie es weitergeht. Ich stehe voll und ganz hinter dir! Woanders möchte ich auch gar nicht sein. Vielleicht suche ich mir ja auch einen Job in

Dallas! Wie würde dir das gefallen?" überlegte er laut.

„DAS würdest du für mich tun?"

„Ja! Ich will keine Minute mehr ohne dich sein. Egal wo wir sein werden." Entschlossen legte er sich zu ihr aufs Bett und nahm sie wieder in seine Arme.

Serena konnte ihr Glück kaum fassen. Sie lag wieder in seinen Armen und das war alles, was sie wollte.

„Würdest du für den Anfang zu den Coopers mitkommen und mit uns Thanksgiving feiern?"

„Gern. Nichts lieber als das."

Bevor sie sich jedoch auf den Weg machten, stiegen sie gemeinsam noch unter die Dusche, wo eins zum anderen führte.

„Werden sie mich nicht hassen? Schließlich war ich dein Lehrer!" Mark war offensichtlich sehr nervös, als sie die Auffahrt der Coopers hochgingen.

„Keine Angst. Diana und Bill sind die wundervollsten Menschen, die ich kenne. Sie wollen nur, dass ich glücklich bin. Und das bin ich. Also werden sie dich auch mögen und akzeptieren." Versprach sie ihm und nahm ihn an der Hand.

„Hallo ihr beiden!" wurden sie freundlich von Mrs. Cooper in Empfang genommen. Sie war gerade dabei den Truthahn aus dem Rohr zu nehmen. „Ihr kommt gerade richtig. Das Essen ist gleich fertig." Lächelte sie und deutete den beiden sich an den Tisch zu setzen.

„Wo sind die anderen?" wollte Serena wissen.

„Bill bringt noch rasch den Müll raus und Vicky zieht sich schnell um. Sie sollten gleich wieder hier sein."

„Da bin ich schon!" unterbrach diese ihre Mutter und ging grinsend zu Serena und Mark.

„Guten Tag, Mr. Porter!"

„Bitte. Sag Mark zu mir. Ich bin ja schließlich nicht mehr euer Trainer."

„Gerne. Mark!" freute sich Vicky und setzte sich gegenüber an den Tisch. „Es freut mich, dass ihr es hinbekommen habt! Endlich! Das wurde ja auch Zeit. Vielleicht lachst du jetzt auch wieder mehr!" wandte sie sich an ihre Freundin.

„Und vor allem solltest du wieder mehr essen!"
mischte sich Diana ins Gespräch ein, während sie
den Truthahn auf den Tisch abstellte.

„Nicht schon wieder! Bitte! Wirst du damit
aufhören, wenn ich dir verspreche wieder
zuzunehmen?" Hoffnungsvoll sah Serena Mrs.
Cooper an.

„In Ordnung! Bis Weihnachten hast du ein paar
Kilo mehr! Versprich es!"

„Versprochen! Indianerehrenwort!"

Damit gab sich Diana zufrieden und sie holte die
restlichen Sachen aus der Küche.

Es wurde ein herrlicher Tag für Serena. Sie alle
verstanden sich mit Mark so gut. Irgendwann saß
Bill sogar mit ihm vorm Fernseher und die beiden
sahen sich das Footballmatch an.

„Bist du glücklich?" flüsterte Diana ihr ins Ohr,
während Serena Mark heimlich beobachtete. „Ja.
Sehr sogar!"

„Gut. Mehr brauche ich nicht zu wissen. Obwohl:
Wie wird es jetzt weitergehen? Führt ihr zwei
eine Fernbeziehung?"

„Mark meinte, dass er, egal wie ich mich entscheide, mich nicht mehr allein lassen würde. Er überlegt sogar nach Dallas zu ziehen."

„Das ist ja toll! Bist du denn nicht glücklich damit?"

„Eigentlich schon. Aber er hat doch sein Leben hier. Hier ist er Professor. In Dallas müsste er sich erstmals einen Job suchen und von vorne anfangen. Denkst du er wird glücklich dort?"

„Ich verstehe deine Bedenken. Aber wir beide wissen, dass ihr offensichtlich zusammengehört. Ohne ihn warst du einfach nicht du selbst. Erst heute, habe ich wieder meine alte Serena gesehen. Also wenn du mich fragst, dann gehört ihr wohl zusammen." Um ihren Worten Ausdruck zu verleihen, drückte Diana lächelnd Serenas Schulter.

„Danke dir. Für alles! Ich bin froh, dass du ihn magst."

„Wieso sollte ich nicht. Er macht dich glücklich. Alles andere ist mir egal!"

„Mrs. Cooper? Wäre es für Sie in Ordnung, wenn ich Ihnen Serena entführe?" unterbrach Mark das Gespräch der beiden Frauen.

„Nein. Kein Problem. Ich wünsche euch viel Spaß!"

„Wo willst du hin? Was hast du vor?" wollte Serena neugierig von ihm wissen, als sie im Auto saßen.

„Wir werden ins Kino gehen?"

„Kino? Warum willst du plötzlich ins Kino?" lachte sie überrascht.

„Weil wir noch nie im Kino waren und ich möchte jetzt endlich mal was ganz Normales mit dir machen! Egal ob uns jemand sieht. Wir müssen uns nicht mehr verstecken!"

Voller Vorfreude griff Serena nach seiner Hand und drückte sie. „Ich freue mich auch!"

Es wurde ein wunderschöner Abend. Einige ehemalige Mitschüler starrten die beiden an, als sie das Kino betraten. Aber es war ihnen völlig egal. Sie waren einfach nur glücklich zusammen zu sein können.

„Na sieh mal einer an!" hörten sie Lucy´s Stimme hinter sich.

Leise fluchend, drehte sich Serena zu ihr um.

„Kann ich dir helfen?" zischte sie die unbeliebte Mitschülerin an.

„Nein. Nein. Ich finde es nur interessant euch so zu sehen. Ich dachte, ihr wärt kein Paar."

„Damals nicht. Jetzt schon. Hast du ein Problem damit?" mischte sich nun auch Mark ein.

„Nein. Habe ich nicht. Jetzt weiß ich wenigstens, welche Motivation Serena beim Schwimmtraining bekommen hat." Versuchte sie die beiden zu verletzen.

„Verschwinde, Lucy! Verstreue dein Gift woanders. Hier interessiert das niemanden!" Bäumte sich Serena vor der ehemaligen Mitschülerin auf.

„Schon gut. Ich geh ja schon!"

„Falsche Schlange!" flüsterte Serena ihr hinterher.

„Lass sie doch! Es ist egal, was sie sagt!" Um seine Worte zu unterstreichen nahm er sie in den Arm und gab ihr einen Kuss.

„Du hast recht! Lass uns den Abend genießen!" Glücklich erwiderte sie seinen Kuss.

Kapitel 21:

Wenige Tage später standen Mark und Serena am Flughafen.

„Sei nicht traurig! Ich komme nach. Es wird nur dauern, bis ich alles geregelt habe. Aber nicht lange und wir sehen uns bald wieder!"

Zärtlich streichelte er ihr übers Gesicht und gab ihr einen Kuss, der nicht enden wollte.

„Du hast ja recht, aber ich vermisse dich jetzt schon. Wie soll ich mich auf das Studium konzentrieren?" wandte Serena traurig ein.

„Ganz einfach! Denk immer dran, dass ich bald bei dir sein werde! Und jetzt los! Sonst verpasst du noch deinen Flieger!"

Wehmütig nahm er die Arme von ihr und ließ sie los. Nur mit großem Widerwillen ging Serena in Richtung Absperrung. Ein letztes Mal sah sie ihm noch einmal in die Augen und war dann in der Tür verschwunden.

Mit einem traurigen Seufzer, sah er noch einmal auf die Tür, durch die sie verschwunden war, bevor er sich ebenfalls umdrehte und zu seinem Auto ging.

„Mark! Warte!" Hörte er plötzlich Serena hinter sich schreien.

„Serena! Was machst du hier?" war er verdutzt, während sie sich in seine Arme fallen ließ.

„Ich fliege nicht. Ich will hierbleiben. Bei dir. Bei Vicky. Was soll ich in Dallas, wenn ich hier alles habe? Außerdem wohnt hier der beste Trainer der Welt. Warum sollte ich mit einem weniger guten zufriedengeben?"

Stürmisch begann sie ihn zu küssen, sodass er im ersten Moment gar nicht dazu kam, ein Wort zu sagen.

Irgendwann hielt er sie ein wenig von sich weg und sah ihr ernst ins Gesicht.

„Bist du dir sicher?"

„Ja. Ich bin nicht glücklich in Dallas! Ich war es noch nie! Ich will hierbleiben!" versicherte sie ihm immer wieder.

„Oh, Serena!" Fest schlang er seine Arme um sie. Er würde sie nie wieder loslassen!

„Komm, lass uns nach Hause fahren!" meinte er, nachdem sie eine Weile in inniger Umarmung neben dem Auto gestanden hatten.

„Gern." Strahlte sie.

„Ich kann es noch immer nicht fassen. Du willst wirklich hierbleiben? Bist du ganz sicher?" Mark konnte sein Glück nicht fassen.

„Ja. Ganz sicher! Ich muss zwar jetzt einiges regeln und wahrscheinlich habe ich keine Chance mehr auf das Stipendium hier in Nashville, aber ich werde das schon schaffen. Ich werde mir Arbeit suchen, damit ich mir das Collage leisten kann. Hauptsache ich bin hier. Zu Hause, bei meiner Familie."

„Willst du zuerst zu den Coopers fahren und es ihnen sagen?"

„Ich sollte es wohl tun. Außerdem muss ich mir ein paar Klamotten holen. Schließlich ist mein Gepäck gerade nach Dallas unterwegs." Lachte Serena glücklich. Mark war froh, sie wieder so strahlen zu sehen.

Bei den Coopers herrschte eine großartige Stimmung, als sie von Serenas Plänen erfuhren. Vor allem Vicky war froh darüber, dass sie ihre Freundin wiederhatte.

„Und wie geht es jetzt weiter?" wollte Diana gespannt wissen.

„Wir werden morgen nach Dallas fliegen. Mark nimmt sich dafür ein paar Tage frei. Dort werden wir meine Sachen zusammenpacken und ich werde mit der Collageleitung das Nötigste regeln. Sobald wir wieder hier sind, melde ich mich hier auf dem Collage an. Mir ist klar, dass ich mein Stipendium verloren habe, aber ich werde mir einen Job suchen. Außerdem habe ich einiges auf die Seite gelegt. Schließlich habe ich bei der Jugendmeisterschaft auch was verdient."

„Wir können dir auch helfen, wenn du was brauchst!" bot Bill ihr an.

„Das ist nett von euch. Aber ich werde das schon schaffen!" lehnte Serena dankbar ab.

„Ich freu mich auf jeden Fall! Das Collage war ohne dich total langweilig!" freute sich Vicky und gab ihrer Freundin einen dicken Kuss auf die Wange.

„Und wo wirst du wohnen?" war Mrs. Cooper neugierig.

Mark und Serena wurden auf der Stelle rot. „Na ja. Ich habe ja ein Haus. Also werde ich dort wohnen. Mit Mark!" erklärte Serena schüchtern.

„Das freut mich für euch. Obwohl wir dich vermissen werden! Ich hoffe, ihr kommt uns regelmäßig besuchen!"

„Natürlich werden wir das! Ihr seid meine Familie. Daran wird sich nichts ändern!"

„Wenn das kein Grund zum Feiern ist?! Wie wäre es mit einem Gläschen Sekt?" Unterbrach Bill die sentimentale Stimmung, die auf einmal hochgekommen war.

„Ein anderes Mal gern, Bill. Aber wir müssen noch für morgen einen Flug buchen und ich muss an der Schule Bescheid geben, dass ich ein paar Tage nicht da bin. Wir verschieben es auf das nächste Mal!" lehnte Mark dankend ab.

„Na gut. Dann macht, dass ihr wegkommt! Ich wünsche euch noch einen schönen Abend!"

Anschließend fuhren sie beide zur Schule, wo Mark die Direktorin über die nächsten Tage informierte.

„Und? Ist sie einverstanden, dass du frei nimmst?" war Serena neugierig.

„Ja. Sie hatte kein Problem damit. Außerdem habe ich sie um etwas gebeten." Lächelte Mark geheimnisvoll.

„Und was?"

„Ich habe sie gefragt, ob ich in Zukunft mit dir in unserer Schwimmhalle trainieren könnte. Schließlich brauchst du einen guten Trainer, der auf dich aufpasst. Außerdem habe ich ihr versprochen, dass die Schule bei jedem deiner Siege erwähnt werden wird."

„Damit war sie einverstanden?" freute sich Serena.

„Ja. Das war sie! Und jetzt lass uns einen Flug buchen. Sonst kommen wir morgen nie nach Dallas."

Am nächsten Morgen, flogen die beiden gemeinsam nach Dallas.

Serena war froh, dass sie ihn an ihrer Seite hatte. Alleine hätte sie niemals so schnell gepackt.

Nachdem sie alle Taschen gefüllt hatten, sah sie sich noch einmal in dem Zimmer um.

„Bereust du es?" wollte er von ihr wissen.

„Nein. Kein bisschen!"

„Willst du dich noch von jemanden verabschieden?"

„Nein. Brauch ich nicht. Ich kenne kaum jemand hier." Gestand sie ihm.

„Wie bitte? Keine Freunde gefunden?" Serena antwortete nur mit einem Kopfschütteln.

„Na dann ist es Zeit, dass du nach Hause kommst! Komm, lass uns deine Sachen zum Hotel bringen. Wir haben noch ein wenig Zeit, bis du den Termin bei der Direktorin hast."

Damit schloss Serena die Tür hinter sich und war froh, dieses Kapitel beendet zu haben.

Zwei Stunden später, hatte sie auch den Rest mit der Direktorin geklärt, der es sehr leidtat, dass Serena von Dallas weg ging.

Auch der Bürgermeister und seine Frau, Rose, waren traurig darüber. Aber Serena musste ihnen versprechen, dass sie die beiden besuchen kommen würde.

Am Abend lagen die beiden erschöpft aber auch glücklich in ihrem Hotelzimmer.

„Bist du glücklich?" wollte Mark wissen.

„Sehr sogar. Und du?"

„Was für eine Frage? Die Frau, die ich liebe, kommt zu mir zurück. Wer wäre da nicht glücklich?"

Glücklich begann sie ihn zu küssen. Jetzt war sie zu Hause. Egal wo das war, wenn nur Mark bei ihr war.

Am nächsten Tag, landeten die beiden pünktlich zur Mittagszeit in Nashville und den restlichen Tag packten sie Serenas Sachen aus.

Zwischendurch telefonierte sie mit dem Collage in Nashville und freute sich, dass sie im Jänner mit dem nächsten Semester anfangen konnte!

„Aber nur, weil du erst im Jänner aufs Collage gehst, heißt das nicht, dass wir nicht trainieren werden! Schließlich ist im Februar der nächste Wettbewerb und ich habe noch gar keine Ahnung wie fit du im Moment bist!" meinte er und spielte den strengen Professor.

„Jawohl, Trainer. Ich tue alles, was Sie sagen?"

„Alles?" grinste er schelmisch.

„Fast alles!" lachte sie und viel ihm glücklich um den Hals. Das war für ihn das Signal, dass er sie ins Schlafzimmer tragen durfte.

Kapitel 22:

„Trainieren? Du willst ernsthaft heute trainieren? Warum gönnen wir uns nicht ein paar schöne Tage, bevor du wieder zum Unterricht musst?" versuchte Serena ihn umzustimmen.

„Nein. Als dein Trainer weiß ich, wie wichtig es ist, sein Training nicht zu unterbrechen."

„Vielleicht sollte ich mir doch jemand anderen suchen!" beschwerte sie sich.

„Untersteh dich! Never change a winning team!"

Wenig später, am Nachmittag, waren sie auf dem Weg zur Schule. Mark hatte mit der Direktorin ausgemacht, dass sie beide außerhalb der Schulzeit trainieren durften.

„Es ist komisch wieder hier zu sein. Vor allem dieses Mal als Paar." Lachte Serena wie ein pubertierendes Mädchen.

„Du hast recht. Aber sobald du im Wasser bist, wirst du wieder fokussiert sein und dich auf das Training konzentrieren. Ablenkung kannst du nicht gebrauchen. Schließlich wollen wir dich für den nächsten Wettbewerb fit machen!" befahl ihr Mark und versuchte dabei ein strenges Gesicht zu machen.

„Ihr Wunsch ist mir Befehl, Trainer!"

„Soll ich dir helfen?" grinste er, als Serena in die Umkleidekabine gehen wollte.

„Untersteh dich. Da kommen wir doch niemals zum Training!" Schnell verschwand sie hinter der Tür und ließ den lachenden Mark davorstehen.

„Ich gehe mich auch umziehen! Wir sehen uns dann gleich in der Halle!" rief er ihr noch rasch hinterher.

Wenig später traten sie gleichzeitig aus den Umkleidekabinen.

„Na? Bereust du es schon?" grinste Serena, als sie seinen erregten Blick auf ihr sah.

„Was? Nein. Geht schon. Ich muss mich einfach nur konzentrieren. Also rein mit dir ins Wasser und ein paar Bahnen schwimmen. Zum

Warmwerden." Befahl er ihr und vermied es sie anzusehen.

Lachend sprang Serena ins Wasser und genoss es, wieder in ihrer gewohnten Umgebung zu sein.

„Sag mal, was hat dir dieser Trainer in Dallas eigentlich beigebracht? Deine Linie stimmt überhaupt nicht und du hast nicht die Geschwindigkeit drauf, die ich normalerweise von dir gewohnt bin." Fluchte er vor sich hin, während Serena ihre Bahnen zog.

„Da ist noch viel Arbeit vor uns, bis zum Februar! Das ist dir wohl klar?"

„Ja, Trainer! Ich werde mein Bestes geben!" versprach sie ihm.

Plötzlich stieß sie einen Schrei aus und ging unter. „Serena? Was ist los?" schrie er entsetzt und war wenige Sekunden bei ihr im Wasser.

Nachdem er sie wieder auf die Oberfläche geholt hatte, fing diese herzhaft zu lachen an.

„Hast du mich gerade verarscht?"

„Ja! Irgendwie musste ich dich doch ins Wasser bekommen!" brüllte sie vor lauter Lachen.

„Du kleines Biest! Na warte, das wirst du mir büßen!" Ohne zu zögern, begann er sie im Wasser zu kitzeln. Nur mit großer Anstrengung schaffte sie es aus seiner Umarmung und schwamm so schnell sie konnte von ihm davon. Doch Mark war ebenfalls gut in Form und schwamm sofort hinter ihr her.

Schneller als der Wind sprang sie aus dem Becken und rannte lachend vor ihm davon in Richtung Umkleidekabinen.

„Und du denkst, dass mich das aufhält?" rief er ihr zu und kam gefährlich nahe.

„Nein. Ich weiß, dass du mitkommst. Das war doch meine Absicht!" rief sie nach hinten und begann sich die Träger ihres Badeanzuges runter zu ziehen.

Ruckartig blieb Mark stehen und starrte sie wie elektrisiert an.

„Hier?" wollte er fassungslos wissen.

„Warum nicht?"

Da er kein passendes Gegenargument fand, begann auch er sich sein nasses T-Shirt auszuziehen. „Dir ist schon klar, dass sie mich rauswerfen, wenn sie mich hier mit dir erwischen?"

„Aber Herr Porter! Sie werden doch keine Angst haben? Ich würde ja vorschlagen, das Reden zu beenden und zur Tat zu schreiten."

Schnellen Schrittes war er sofort bei ihr angelangt und küsste sie innig, während sie sich beide gegenseitig die Badesachen vom Körper rissen.

Die Gefahr erwischt zu werden, steigerte die Erregtheit der beiden noch mehr an und ohne langes Vorspiel, drehte er sie um und drang von hinten mit einer schnellen Bewegung in sie ein. Wie besessen begann er sie zu nehmen. Serenas Stöhnen zeigte ihm, dass auch sie es genoss, während sie sich krampfhaft an einem Waschbecken festhielt.

„Du machst mich fertig!" stöhnte er laut auf, als sie beide an einem explosiven Höhepunkt angelangt waren.

„Das freut mich zu hören!" lachte sie schwer atmend.

Gemeinsam sanken sie zu Boden, wobei Mark dafür sorgte, dass sie auf ein paar Handtüchern gut lagen.

„Na? Wie war das erste Training? Habe ich mich gut geschlagen?" grinste Serena und strich im zärtlich durchs Haar.

„Du warst fantastisch. Es würde mich freuen, wenn wir nach dem eigentlichen Training ab sofort diesen Abschluss finden könnten."

„Ich werde mein Bestes dafür tun!" Versprach sie ihm.

„Bist du bereit?" lächelte er ein paar Minuten später geheimnisvoll und holte etwas aus seiner Sporttasche, während sich Serena ihre Kleidung anzog.

„Wofür?"

„Für deine Überraschung?"

„Ich bekomme eine Überraschung?"

„Ja. Ich habe es schon seit ein paar Tagen vor, aber ich finde, dass jetzt der ideale Zeitpunkt dafür ist. Hier in dieser Schwimmhalle, wo alles begonnen hat. Hier, wo wir zwei uns ineinander verliebt haben." Mit diesen Worten kniete er sich plötzlich vor sie hin und hielt ihr eine kleine Schachtel entgegen.

„Serena Parker? Würdest du mir die Ehre erweisen und meine Frau werden?"

Sprachlos starrte sie auf den Ring, den er aus der kleinen Schatulle rausnahm. Auch nachdem er ihr ihn angesteckt hatte, konnte sie immer noch kein Wort sagen.

„Serena? Alles in Ordnung?"

„Ja. Warum?"

„Würdest du mir eine Antwort geben, oder willst du mich auf die Folter spannen?"

„Oh entschuldige! Ich war nur so überrascht! Natürlich will ich deine Frau werden!" Lachend und weinend zugleich fiel sie ihm um den Hals.

Jetzt war es perfekt. Sie hatte ein wundervolles zuhause mit einem wundervollen Mann! Sie hatte eine tolle Familie, die sie aufgenommen hatte. Was sollte sie sich noch mehr wünschen?

Sie konnte endlich von sich behaupten, dass sie glücklich war!

„Erde an Serena! Bitte kommen!" holte Mark sie aus ihren Gedanken.

„Entschuldige! Ich bin nur so…..glücklich!" strahlte sie ihn an.

„Das freut mich. Ich bin es nämlich auch! Ich liebe dich! Zukünftige Mrs. Porter!" Er zog sie noch enger an sich heran und begann sie zu küssen, bis Serena an nichts anderes mehr denken konnte als an ihn.

Sie war endlich zu Hause!